人狐一家親 10

打勾勾魔法之約

富安陽子 著

大庭賢哉 繪　林冠汾 譯

晨星出版

目錄

人狐一家親10
CONTENTS

登場人物介紹

●信田結（小結）……長女，小學五年級，擁有可以聽到風之語能力的「順風耳」。

●信田匠（小匠）……小結的弟弟，小學三年級，有可以看到過去和未來的「時光眼」。

●信田萌（小萌）……家中的小女兒，具有可以傳達人類以外動物語言的「魂寄口」。

●信田幸（媽媽・阿幸）……不顧狐狸家族的反對，堅持和人類爸爸結婚的可靠媽媽。

●信田一（爸爸・阿一）……大學植物學教授，豁達開朗又溫柔，總是被每個狐狸親戚惹得頭痛不已。

●鬼丸（鬼丸爺爺）……媽媽的爸爸。每次想看電視時，就會出現在信田家的客廳。

●齋（齋奶奶）……媽媽的媽媽。信田家三個小孩只在狐狸的祝宮見過齋奶奶一面。

●祝（祝姨婆）……媽媽的阿姨，興趣是把不吉利的預言告訴別人。

●夜叉丸（夜叉丸舅舅）……媽媽的哥哥，自尊心強又吊兒郎當。狐狸家族的麻煩人物。

●季（小季）……媽媽的妹妹，變身高手。聽到小結他們叫她阿姨，就會不高興。

家族關係圖

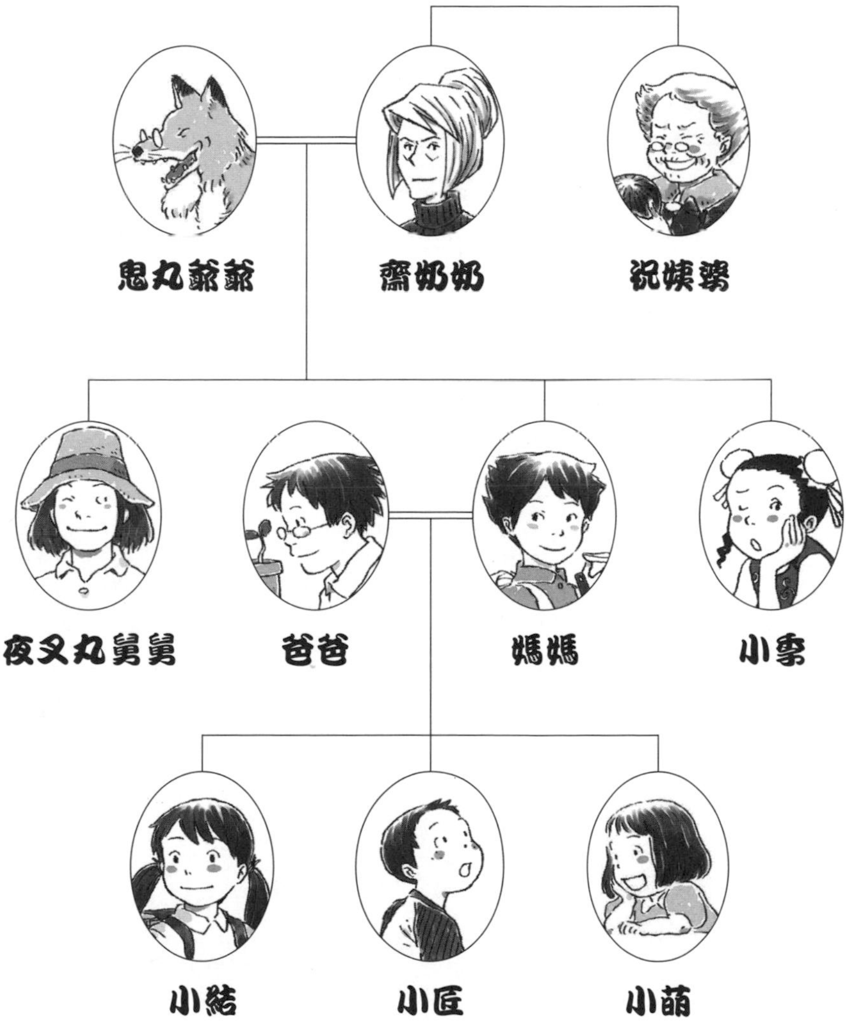

序幕的開始

櫻花樹變成光禿禿一片，幼兒園大門旁的銀杏樹葉轉黃，泛起耀眼的光芒。

秋天來到尾聲的這一天，天氣暖烘烘。

小萌與男生朋友兩人從剛才便一直探出頭，往小池塘裡望。兩人等待著能不能看見混濁的綠色池水中，出現什麼生物。

小萌就讀幼兒園，而這座池塘是園長家庭院裡的池塘。園長家就在幼兒園的隔壁，彼此相鄰。遊戲場與園長家之間，隔著高高的樹籬

笆以及一扇小門。為了不讓幼兒園的學生擅自闖進園長家，小門總是被鎖上，樹籬笆的底部也拉起護網。

不過，小萌知道怎麼溜進園長家。遊戲場角落的樹籬笆底部，有個地方的護網破了個洞。護網的破洞在繡球花叢的隱密深處，而且洞口很小，體型較大的孩子根本鑽不過去。不過，如果是體型較小的小萌，只要整個人趴在地上鑽洞，就能勉強鑽進去。鑽進破洞後，眼前就是園長家靜謐的庭院，還有泛起綠光的小池塘。

說起來，當初並非小萌發現破洞。小萌純粹是在一個男生的邀約下，跟著來到破洞前。

男生的體型比小萌大了些，說話方式有些與眾不同。還有，男同學的髮型也有些與眾不同，留著讓人分不清楚是男生還是女生的妹妹頭。不過，男同學一向穿著藍色的畫畫衣，所以肯定是個男生，不像小萌都是穿粉紅色的畫畫衣。

小萌不知道男生叫什麼名字。沒辦法，畢竟男生與小萌不同班級。小萌就讀小班的三色堇班，班上共有二十五個同學，小萌連自己同班同學每個人的名字都還沒有完全記住。當然了，如果是女生，小萌就說得出大家的名字。像是亞里紗、小葵、明奈、祐奈……這些女生小萌全記得名字。但是，如果換成男生，小萌就會信心大減。小萌不確定哪個男生是裕樹、哪個男生是裕馬？拓也和拓人哪個的體型比較高大？跟悠太感情要好的男生到底是小健，還是小潤？小萌經常搞混男同學的名字。小萌連同班同學的名字都記不太清楚了，更何況中班或大班的男生，那等於是不認得任何人。不過，哪怕不知道名字，小萌也不曾傷腦筋過。

幾天前，小萌恰巧撞見不知道叫什麼名字的那個男生，悄悄地往繡球花叢走去。男生在花叢前方停下腳步，東張西望地觀察四周狀況的時候，發現小萌正在看他。男生盯著小萌看了一會兒後，招招手呼喚小萌過去。於是，小萌朝向男生走近。

「這是祕密。」

小萌靠近後，男生突然壓低聲音這麼告訴小萌。

「什麼祕密？」

小萌盡最大的努力壓低聲音反問後，男生發出「噓！」的一聲，瞪視小萌說：

「就是咱們現在要去的地方。不要跟任何人說咱們去了哪裡。」

小萌心想：**他說的任何人不知道是指多大範圍的任何人**？意思是，不論是好朋友、老師、小結姊姊、小匠哥哥，還是爸爸媽媽都不能說嗎？

小萌不禁沉思起來。男生試圖慫恿小萌，再次壓低聲音說：

「只要妳肯保密，就帶妳一起去。要不要告訴妳祕密隧道在哪裡啊？要不要帶妳去個好地方啊？」

「祕密隧道……?好地方?」

小萌訝異地抬起頭、豎起耳朵。男生抿嘴一笑說:

「妳可以保密嗎?」

「應該……可以。」

小萌回答後,男生又皺起眉頭說:「不行。」

「不能說『應該可以』,一定要說『可以保密』,不然不會告訴妳的。妳要打勾勾做約定,否則不告訴妳。」

小萌又思考一下。在那之後,小萌終於下定決定,用力點頭說:

「我可以保密。」

「很好,那咱們來打勾勾。」

男生豎起右手的小指,小萌也豎起右手的小指勾住男生的小指。

男生一邊擺動勾在一起的小指,一邊唱起歌來:

「打勾勾做約定,

不可以告訴任何人咱們要去的地方，說謊的人會變青蛙嘴！」

男生唱的歌很好笑，小萌忍不住發出咯咯笑聲。

「青蛙嘴？說謊的人會變青蛙嘴喔？」

「沒錯。」

男生心滿意足地點點頭，鬆開小指告訴小萌一個不得了的祕密。

這個祕密就是，樹籬笆底下有個洞穴可以通往園長家的庭院。園長家的庭院四周圍繞著樹木，鑽出洞穴後，就會現身在庭院角落深處的小池塘。

小萌靠近池塘一看，發現池水有著奇妙的顏色。綠色的池水夾雜著深藍色，當秋天的陽光灑落下來，就會泛起鮮豔的翡翠綠光。

池塘的形狀像是把圓形年糕拉得又細又長，正中央像葫蘆一樣兩側凹陷。小萌忍不住心想：「要是三年級的小匠哥哥人在這裡，應該輕輕一跳就可以跳到對岸去。」

「跟妳說……」

男生站在池塘邊，對著小萌說道，而且把聲音壓得比之前更低。

「很久以前，這裡住了一條龍。」

「什麼！」小萌大吃一驚地叫出來，男生再次發出「噓！」的一聲制止小萌說話。

「不要大吼大叫！不是跟妳說過這是祕密嗎？」

男生和小萌自然而然地看向樹籬笆的另一端觀察幼兒園的狀況，

接著確認面向庭院建蓋的園長家安靜無聲後，才總算安心地鬆口氣。

小萌壓低聲音詢問男生說：

「你說的龍很大一隻嗎？還是小龍？」

「很大一隻。」男生回答。

小萌看向腳邊的小池塘仔細觀察後，歪著頭說：

「可是……如果是很大一條龍，怎麼可能塞得進去池塘裡？池塘這麼小……」

男生沉默不語，但搖頭否定小萌的說法。跟著，男生一副再神祕不過的模樣，低喃說：「很久以前，這裡有一座非常大的水池。不過，現在被埋到地底下去了。」

「是喔……」

小萌一邊提醒自己不要太大聲，一邊再度詢問男生說：

「你怎麼會知道？」

「因為以前看過啊。」男生說道，並且微微揚起嘴角，露出顯得得意的笑容。

「是喔……」

只要仔細一想，就會知道事有蹊蹺。一個頂多只比小萌大一歲或兩歲的男生，怎麼可能知道那麼久以前的事？若是換成小結或小匠聽到男生說他看過比現在大上許多的水池，還曾經有龍住在裡面過，或是說他看過曾經住在水池裡的龍，小結和小匠肯定會取笑說：「那肯定是捏造出來的。」不過，小萌年僅三歲，根本不會覺得男生說的話可疑至極。

小萌瞪大眼睛凝視男生一會兒後，凝視起就在眼前的小池塘，並打從心底感到羨慕，嘀咕說：「真好……我也好想看到大龍喔……」

「搞不好哪天會有機會看到喔！」男生說道。男生探出頭往靜謐無聲的池塘裡看，朝向水底呼喚說：「喂！快出來！快爬上來！」

男生呼喚後，一陣徐風吹來，原本如一面鏡子般平滑的水面隨之掀起陣陣漣漪。

小萌猜想男生是在呼喚龍。小萌屏息凝神地注視水面，期待看見龍從混濁的綠色池水中冒出頭來。龍此刻可能正在很深很深的水底世界某處，聽到有人呼喚自己而醒過來。小萌想像著身體盤捲起來的龍在昏暗水中抬起頭的畫面，內心既緊張又興奮。

這時，樹籬笆另一端傳來聲音：

「小班的小朋友們回教室了喔！要準備放學回家了喔！」

三色堇班的沙也加老師呼喚著小朋友。

小萌輕嘆口氣，無奈地想：**搞不好再等一下下，龍就會出現……**

「我走了喔。」

小萌說道，並準備折返回樹籬笆。儘管如此，男生還是獨自一直盯著池塘裡看，沒有要離開的意思。小萌猜想或許是因為除了小班之外，其他班級的老師還沒有出聲喊集合，男生才會毫無動作。

那天後，小萌時而會和那個男生一起鑽過祕密洞穴去看池塘。每次去到池塘，男生都會呼喚龍，但龍還沒有在他們兩人面前現身過。

「喂！快出來！快爬上來！」

即便如此，男生還是不放棄地朝向池底呼喚。

「喂！快出來！快爬上來！」

小萌也學起男生呼喚龍。

即使兩人都出聲呼喚，龍還是沒有現身。

「龍都不肯出現！」

小萌失望地說道，男生露出一本正經的眼神瞪著小萌說：

「這不是在呼喚龍。」

「咦？」

小萌嚇一跳地睜大眼睛。

「不然你在呼喚誰？」

男生揚起嘴角，露出神祕的微笑。

「在比這個池底更深的地方沉睡中的傢伙們。那些傢伙受到詛咒，才會沉睡不醒。」

「詛咒？」

小萌歪著頭納悶心想：「詛咒是什麼意思來著？」

「小班的小朋友──午餐時間到了喔──」

沙也加老師的聲音，從樹籬笆的另一端傳來。沙也加老師在呼喚小班的小朋友。

「我走了喔。」

小萌如往常般這麼說後，留下在池塘邊佇立不動的男生走出去。

小萌準備鑽進樹籬笆的洞穴時，耳邊隱隱約約傳來男生的聲音：

「喂！快出來！快爬上來！」

1 星期三

小萌信守承諾。一個星期過去了，小萌沒有把與男生之間的祕密告訴任何人，這簡直是個奇蹟。

比起小匠或小結的一個月，對小萌來說，一個星期的時間更久。搞不好相當於媽媽或爸爸的一年……不，甚至相當於十年之久。

不過，在雨後的星期三傍晚，媽媽終於察覺到小萌的異狀。

「小萌，妳今天在幼兒園玩了什麼啊？」

小萌原本正在幫忙媽媽摺衣服，不禁一臉錯愕地抬頭看向媽媽，

跟著急忙回答：

「玩很多很多啊。」

媽媽的第六感立即發揮作用，感應到小萌有所隱瞞。

「很多很多？」

小萌通常不會這樣回答。

每次媽媽問起在幼兒園玩什麼時，小萌總會盡可能地回想在幼兒園發生過什麼事，然後喋喋不休地一一說給媽媽聽。

就連在餐桌上寫著數學題目集的小結，也嗅到可疑的氣味，而抬高視線看向年幼的妹妹。小匠為了應付明天的考試，正在兒童房展開直笛特訓，小結不得已才會拿著數學課題，來到客廳避難。

「什麼很多很多？」

媽媽沒有停下摺衣服的動作，語調平穩地詢問小萌。媽媽直直注視著小萌，那眼神彷彿能夠識破對方的所有心聲。

小萌一副感到傷腦筋的模樣，把原本抬頭仰望媽媽的視線，往下移到準備摺起的浴巾。

「很多很多，就是玩了很多東西啊。」

「比方說玩了什麼東西？」

小結終於放下鉛筆，決定在一旁觀看媽媽和小萌的攻防戰。

小萌把有鬱金香圖案的浴巾對摺後，再對摺一次，接著再對摺一次，最後又對摺一次。這樣根本摺過頭了。

小結忍不住暗自嘆口氣。

小萌，妳這樣子媽媽一看就知道很可疑。

小結這麼心想，同時歪起頭納悶小萌有什麼連媽媽也不能說的祕密？如果小結的記憶正確，這應該是小萌第一次對媽媽有所隱瞞。

小萌這回開始攤開，準備把摺過頭的浴巾攤開來。

「就是呢，比方說，像是畫華、玩扮假假酒當公主之類的……」

小萌只要一緊張就會有這樣的毛病，她會不小心發錯注音的五聲。看見小萌一副難以鎮靜的慌張模樣，媽媽繼續追問：

「是喔，妳有畫畫、玩扮家家酒啊？可是，妳的畫畫衣沾到一大堆泥巴耶。妳們有在戶外玩泥巴嗎？這陣子妳的畫畫衣常常弄得到處都是泥巴耶？」

小萌一副有所驚覺的模樣注視媽媽。看樣子媽媽剛才的問題似乎一箭射中小萌謹慎藏在內心的祕密紅心。

「就是呢……」

小萌的反應明顯看得出知道畫畫衣為何會沾滿泥巴。小結有種彷彿可以透視小萌內心的感覺。此刻，小萌內心出現天使和惡魔……不，應該說，此刻有兩個小萌正在拔河。

一個小萌說：**不可以隱瞞媽媽！什麼事都要跟媽媽講才對！**另一個小萌說：**不行、不行！既然是祕密，當然不可以說出來，不是嗎**？

解讀小萌的內心戲到這裡後，小結再次歪起頭。到底是什麼祕密可以讓小萌這麼拚命地想要守住？小結的好奇心像氣球不斷膨脹。

想到小萌已經洗過澡，小結不禁感到遺憾。小結猜想肯定是小萌從幼兒園回來時弄得一身泥巴，媽媽才會提早讓小萌洗澡。

要不是小萌已經洗過澡，不然就有機會找到線索……

小結這麼心想，並悄悄豎起從媽媽的親戚，也就是狐狸家族繼承而得的「順風耳」。所謂的順風耳，是一種能夠捕捉到風聲、氣味和氣息的能力。小結只要運用順風耳的能力，就能夠得知各種事情。若能夠循著小萌從幼兒園帶回來的氣味抽絲剝繭，肯定不難找到可以揪出祕密的線索。

可是，小萌身上現在只傳來肥皂、洗髮精，以及點心時間吃的巧克力餅乾的氣味。

沒轍……

小結失望地悄悄嘆口氣時，小萌找不到後路而扭扭捏捏地開口說：「媽媽……就是啊……因為人家鑽了隧道，所以才弄得到處都是泥巴。」

「咦？隧道？」

小結不由得開口反問道。小萌從浴巾上抬起頭，看向小結。

小結和小匠都畢業於小萌目前就讀的並木幼兒園，所以小結也十分熟悉幼兒園的環境。就小結所知，並木幼兒園應該沒有構造像隧道的遊樂設施或建築物。至少在約莫一個月前去參加小萌的運動會當啦啦隊時，幼兒園的遊戲場和園舍都還保持著小結她們就讀時的狀態。
看見小萌投來的視線，小結開口詢問：
「妳說的隧道是哪裡的隧道？我怎麼不記得幼兒園有隧道？」
這下子小萌真的被逼到絕路了。小萌一會兒把浴巾捲成像壽司捲一樣，一會兒又攤開浴巾。
最後，小萌用像機關槍一樣快的速度，極小聲地回答小結。彷彿只要這麼做，就能夠順利逃過一劫的模樣。
「在樹禮笆底下的隧道。」
「咦？樹籬笆底下？可是，我記得那裡有圍上護網吧？」
看見小萌一臉傷腦筋的表情，小結說著說著，總算猜出大概是怎麼回事。幼兒園只有一個地方設有樹籬笆，也就是用來隔開就在隔壁的園長家，以及遊戲場的龍柏樹籬笆。看來小萌似乎穿過了樹籬笆的根部。小結猜想八成是圍住根部的護網有哪個地方破洞或出現縫隙，而被小萌發現可以鑽進去。昨天下過雨，所以今天早上的地面還沒有全乾，小萌卻在那樣的狀況下跑去鑽樹籬笆的根部，難怪會弄得畫畫衣滿是泥巴。從縫隙鑽過樹籬笆的根部後，眼前當然就會是園長家。

媽媽似乎也察覺到是怎麼回事，她停下摺衣服的動作，直視小萌的眼睛說：「小萌，妳是不是鑽進樹籬笆底下，自己亂跑進去園長家？不可以自己亂跑進去園長家啊！」

「我沒有跑進去園長家，只有在庭院。」

小萌這麼反駁後，一臉彷彿在說「糟糕」似的表情，用雙手摀住自己的嘴巴。

小結從旁插嘴說：

「庭院也一樣不行啊。那裡樹籬笆的門不是一直鎖著嗎？意思就是不能進去裡面，妳懂嗎？妳沒事闖進去園長家的庭院做什麼？」

「祕密。」

小萌保持摀住嘴巴的姿勢，把話含在嘴裡說道。

「我跟人家約定好不能說出去。我不可以告訴別人鑽祕密隧道去哪裡。」

聽到小萌的話語後，小結在心中暗自說：**原來如此……也就是說，還有共犯**。

看樣子小萌與某人共享祕密，她想必是跟這個某人一起從樹籬笆的隧道進出園長家。然後，共犯要求小萌不能說出這件事。

媽媽再次靜靜地開口說：

「小萌，妳聽好喔，即使是園長家也一樣，只要是別人家，都不能隨便跑進去。當然了，庭院也一樣。只有在那個家的人邀請妳進去的時候，才可以進去別人家或庭院。所以，以後不要再這麼做了喔！即使朋友邀妳一起去，妳也要說『我不去』。」

媽媽訓話到一半時，突然傳來「嘟嚕——」的笛聲。原來是小匠來到客廳。

「可不可以聽我吹一遍？我吹指定曲給妳們聽。」

說罷，小匠轉頭看了一眼媽媽、小結和小萌的表情，立刻察覺到氣氛不太對勁。

「咦？怎麼了？發生什麼事了？媽媽是不是正在罵人？」

小匠興致勃勃地觀察著大家的反應，都忘了要吹笛子這件事。

「媽媽不是在罵人，我是在說明給小萌聽。」

聽到媽媽這麼說，小匠追問說：「說明什麼？」

媽媽一副「真是拿你沒轍」的模樣描述起來：

「就是呢，小萌有時候會跟朋友一起從幼兒園的樹籬笆底下的護網縫隙，跑到園長家的庭院去打擾人家。所以媽媽正在跟小萌說不能隨便跑進別人家裡。」

「什麼嘛，小萌也跑進去園長家過啊。」

小匠一副沒什麼大不了的表情，若無其事地說道。

「咦？『小萌也』？」

小結反問道。

「你說小萌也跑進去過，你以前該不會也跑進去過？」

「對啊。」

小匠不知為何得意地挺起胸膛。

「不過，我是翻過樹籬笆的門跑進去的……」

「不會吧？」

小結瞪著弟弟，以譴責的口吻說道。小匠一副吃驚的模樣看向小結說：

「咦？姊姊，妳以前沒有跑進去園長家過？」

「當然沒有啊。不是規定不能跑去那邊嗎？」

聽了小結的發言後，小匠歪起頭說：「有說不能去嗎？雖然那裡

的門都鎖著……」

小結一股怒氣升上心頭，反駁說：「門鎖著就表示不能進去啊！你連這種事情都不懂嗎？」

「沒辦法，那時候我的年紀還小啊！」

「真是拿你沒轍……」這次不是小結，而是媽媽開口說道。

「媽媽正在告訴小萌不能在沒有得到許可之下，就隨便跑進去別人家。你這個當哥哥的人卻這麼說，豈不是會讓小萌聽得更糊塗嗎？」

「我沒那麼誇張好嗎？現在我當然不會那麼做了。我哪可能隨便跑進去別人家。」

小匠反駁媽媽說道。

「不過，年紀還小的時候，根本搞不清楚幼兒園的範圍到哪裡啊！而且，有時候如果看到有什麼門被鎖著，就會覺得那後面不知道藏著什麼很厲害的祕密。雖然那時候沒發現任何祕密就是了。」

這時，小萌開口說話了。或許是憋不住了，小萌鬆手不再摀住嘴巴，開口詢問小匠說：

「龍的池塘呢？」

所有人一齊看向小萌，小萌眼神認真地注視著小匠。

「小匠哥哥，你有去龍的池塘嗎？在庭院角落的池塘。你有看到龍嗎？」

「咦？龍的池塘？龍？」

小匠一副感到可疑的模樣直盯著妹妹看，歪起頭說：

「妳是說園長家庭院角落的那個小池塘嗎？哪有什麼龍？那麼小一個池塘，根本不可能有龍啊。」

「有龍！」

小萌意氣用事地說道。小萌難得直到剛才仍努力守住藏在內心的祕密，現在似乎已經遺忘這件事。

「我朋友說他看過。說很久很久以前，有條龍住在大水池裡。」

「龍？很久很久以前？妳朋友什麼時候看到的？」

小匠追根究柢地問道，小萌頓時回答不出來，最後沮喪地搖搖頭說：「我不知道。他說以前看到過……」

「妳說的朋友是誰？」

媽媽語氣平靜地問道。

「一個男生朋友。」

「是誰？叫什麼名字？跟妳同班嗎？」

小結也發問道，但小萌似乎回答不出朋友的名字。

「跟我不同班……」小萌只這麼回答後，便陷入沉默。

看著沉默不語的小萌，小匠一副裝大人的模樣開口說：

「妳太傻了吧！怎麼會相信那種編出來的謊話呢？妳不是也看到了嗎？那麼小一個池塘怎麼住得下龍？那裡只會住著金魚或鯉魚。不然頂多就是青蛙。」

小匠說完話的那一刻，小萌嚇一跳地倒抽一口氣，瞪大眼睛輪流看著小結幾人。

跟著，小萌一臉快哭出來的表情，舉高雙手到嘴邊。

「完蛋了，我會變成青蛙嘴。如果沒遵守約定，就會變成青蛙嘴，打勾勾的時候那個男生這麼說，他說說謊的人會變青蛙嘴……」

看來小匠說出「青蛙」兩個字的時候，似乎喚醒了小萌與朋友打勾勾約定的記憶。

「什麼跟什麼啊？」

小匠皺起眉頭問道。

「太奇怪了吧？哪有人會這樣打勾勾約定？通常打勾勾的時候都會說『說謊的人要吞下一千根針』[1]，不是嗎？我從來沒聽過有人會說『說謊的人會變青蛙嘴』。」

「我會變成青蛙嘴……我會變成青蛙嘴……」

小萌哭哭啼啼地嘀咕道。

「放心，不會有事的。」

媽媽安撫著小萌說道。

「小萌沒有變成青蛙嘴啊。不用擔心，小萌的嘴巴還是跟平常一

1　說謊的人要吞下一千根針。在日本，勾小指做約定時，習慣會說：「打勾勾約定好，說謊的人要吞下一千根針。」

樣，沒事的。」

小結對慫恿小萌的男生感到憤怒。根本不可能有龍，那男生卻說自己看過龍來慫恿小萌加入他的冒險。那男生想必是為了不讓小萌說出這件事，所以要求小萌打勾勾，以「不遵守約定就會變成青蛙嘴」的說法來威脅小萌。

「小萌，不會有事的。說謊的是那個男生。根本沒有什麼龍，那男生卻說他看過龍，不是嗎？根本不用管跟那種說謊小孩的約定！」

最後，媽媽不得不帶著小萌去到洗手台前面照鏡子。看見鏡子裡不是映出青蛙的嘴巴，而是自己平常的嘴巴形狀，小萌才安下心。

「妳看，沒有變成青蛙嘴，對吧？好了，現在可以好好跟媽媽說是怎麼回事了嗎？」

媽媽重新詢問小萌。

「妳去到園長家的庭院做什麼？」

小萌還顯得有些不安，一副扭扭捏捏的模樣回答起媽媽的問題：

「就是呢……去那裡看池塘。然後就看著池塘喊：『喂！快出來！快爬上來！』」

「那個男生喊的嗎？那個男生喊：『喂！快出來！』對嗎？」

媽媽這麼確認後，小萌點頭接著說：

「我也有喊。我也喊過：『喂！快出來！快爬上來！』……可是啊，那朋友說不是龍。我是在呼喚龍快點出來，但龍都不肯出來，後來那朋友說他不是在呼喚龍。」

「那他在呼喚誰？」小結插嘴問道。

小萌一臉苦惱的表情，發出「嗯──」的聲音沉思起來。看得出來小萌正在記憶中尋找答案。

「就是呢……」

沒多久，小萌開口說道。

「他說在比池底更深的地方睡覺的……不知道什麼東西。」

小匠一副難以置信的模樣，複誦一遍小萌的話語說：

「比池底更深的地方？什麼跟什麼啊？」

很遺憾地，小萌記不起男生在那之後還說了什麼。小萌記不起男生說過「那些傢伙受到詛咒，才會沉睡不醒」這句話。

「什麼傢伙會在比池底更深的地方睡覺？鼴鼠？……蚯蚓？」

因此，在小匠歪著頭這麼說之後，這個話題便宣告結束。

小萌總算可以逃離大家的逼問，媽媽也著手準備起晚餐。

「話說回來，這事情聽起來也挺奇怪的，覺得有點讓人在意。」

媽媽一邊炸豬排，一邊嘀咕道。

「在意什麼？」

小結一邊拿抹布擦拭餐桌，一邊反問後，媽媽從油鍋上抬起頭說：「打勾勾。為什麼要打勾勾做約定？那男生為什麼要說『會變成青蛙嘴』？」

「他只是覺得好玩，隨便亂說的而已吧？」

小結嘴上這麼說，卻也有種不知道什麼東西掛在心上的感覺。

「總之，明天送小萌去幼兒園時，要想辦法找出跟小萌一起鑽過樹籬笆的孩子。」

媽媽說道。

「雖然不知道名字，但只要看到長相，小萌也認得出來吧……媽媽也會好好告訴那孩子，跟他說以後不可以再跑進去園長家那邊。」

「可是，媽媽，如果妳去警告那孩子，他會覺得小萌告狀。」

小結這時正好擦完餐桌，為了不讓正在看電視的小萌聽見，小結刻意壓低聲音說道。就在這時——

客廳的沙發上突然出現訪客。

「諸君，久違了。」

訪客現身的同時，說出這句感覺像古裝片打招呼台詞的話。這位訪客就是以狐狸原形現身的鬼丸爺爺。

「爺爺來了！」

小萌開心地大喊道。

「啊，爺爺，歡迎你來。」

小結也打招呼說道。

「爸爸，你每次都這樣，突然說來就來。」

「喲！大家好嗎？」

鬼丸爺爺沒有理會媽媽的抱怨，在沙發上甩動一下大大的尾巴。

「咦？爺爺來了啊？」

小匠再次暫停練習吹笛子，衝進客廳來。

「爺爺來了！爺爺來了！」

小萌興奮不已地撲向爺爺。

每次爺爺出現，小萌總是熱烈表達歡迎。小萌像隻小貓咪一樣纏著爺爺的尾巴玩耍，並伸長手打算抱住狐狸脖子。

「爸爸，我不是跟你說過？請你來我們家的時候，好好變身成人類的模樣。為什麼你總是直接以原本的狐狸模樣出現？拜託你……」

媽媽話說到一半，突然停頓下來。

令人難以相信的事，在小結、媽媽、小匠和小萌的面前發生了。

興奮不已的小萌親吻鬼丸爺爺翹起的鼻尖那一刻，事情發生了。

鬼丸爺爺的身影突然從沙發上消失不見，取而代之，出現了一隻大蟾蜍。

「咦？」所有人驚訝地瞪大著眼睛。在那一刻，沒有人能夠理解發生了什麼事。

小匠直直注視著沙發上的蟾蜍，開口說：

「……爺爺呢？他剛剛不是還在這裡嗎？這麼快就回去了啊？這傢伙從哪兒冒出來的？」

「喂！你沒事吧？」蟾蜍說話了。

「你在說什麼？爺爺不就在這兒嗎？怎麼會說我回去了？」

「咦？」

所有人再次瞪大眼睛，而且瞪得更大。

「爺爺……」

蟾蜍安安穩穩地坐在沙發上，小萌戰戰兢兢地對著近在眼前的蟾蜍呼喚：「爺爺……？你變身成蟾蜍啊？」

「喂！妳沒事吧？」蟾蜍又說話了。蟾蜍的聲音聽起來果然真的是鬼丸爺爺的聲音。

「妳在說什麼？爺爺怎麼可能變身成什麼蟾蜍？妳到底在說什麼？」

「咦？咦？什麼！」

小匠終於忍不住發出慘叫聲說：

「不得了了！爺爺變成蟾蜍了！」

「可是……怎麼會？」

小結抱著難以置信的心情，注視著蟾蜍嘀咕道。

媽媽從廚房隔著吧檯探出上半身，喃喃自語地說：

「……青蛙嘴……剛剛說的變成青蛙嘴，有可能是指的就是這回事……」

2 詛咒

這天晚上，爸爸過了八點才回到家。

「抱歉、抱歉，大家都吃過晚飯了吧？爸爸今天下課後忙著跟學生面談，才會這麼晚回家。」

小結三姊弟妹的爸爸是大學教授，負責教植物學。爸爸一邊為自己趕不及吃晚餐道歉，一邊踏進玄關後，察覺到家裡瀰漫著不太對勁的氣氛，在走進客廳前停下腳步。

「發生什麼事了嗎？」

爸爸回來時，媽媽走到玄關迎接，此時一臉傷腦筋的表情站在爸爸身後。

小結和小匠一副有話想說的模樣，杵在客廳入口處不動。就連平常總是第一個衝到爸爸身邊的小萌，也只是從小結身後露出臉來，沒有要踏出腳步的意思。看見三個孩子僵住身子佇立不動，爸爸猜想孩子們的背後應該藏著不知什麼祕密。

小結彷彿看見了爸爸的胸口因為不安情緒而緊緊揪起。看來爸爸已經察覺到發生什麼壞事。不僅如此，爸爸也察覺到這件壞事八成與媽媽的親戚有關……應該說，八成是親戚帶來的災難。畢竟無庸置疑地，每次信田家遭遇災難時，都是媽媽的某個親戚所造成。

爸爸膽戰心驚地緩緩回頭看向媽媽說：

「呃……是不是有誰……還是說有什麼東西出現？我是說我們家的客廳裡……」

「沒錯。而且呢，事情挺棘手的……」

媽媽下定決心準備告訴爸爸事情經過時，客廳傳來鬼丸爺爺的聲音：「是我。你今天這麼晚才回來啊，女婿。」

「原來是爸爸啊……」

爸爸鬆口氣露出笑容。既然已經知道訪客其實是鬼丸爺爺，哪怕不是值得慶幸的事，至少也不會是最慘的；爸爸此刻應該是抱著這樣的心態吧。

「爸爸，您來了啊？很抱歉，我今天這麼晚才回來。」

「爸爸，你聽我說……鬼丸爺爺他……」

看見爸爸往客廳走來，小結急著說明狀況而加快速度搭腔說道。孩子們讓出一條路後，爸爸一路走到電視機前面。爸爸看向沙發後，頓時發出「咦？」的一聲，歪起頭僵住不動。

「爸爸呢？」

那張沙發是鬼丸爺爺的專屬座位。因為鬼丸爺爺來到小結她們家，永遠都是保持狐狸的原形姿態慵懶地躺在沙發上看電視。

然而，今晚慵懶地躺在沙發上看電視的不是狐狸。爸爸看見一隻大蟾蜍翻出光滑的肚子，大搖大擺地在沙發上看電視。

「喲！」蟾蜍舉高單手對著爸爸說道。

「咦？」

爸爸扶著眼鏡，從頭到腳打量一遍會說話的蟾蜍。爸爸肯定

懷疑自己眼花了。

小匠搶先小結一步開口說：

「爸爸，我跟你說，鬼丸爺爺他變成蟾蜍了。不是變身喔，是被變成了蟾蜍。」

爸爸露出驚訝的眼神看向小匠。爸爸的嘴巴一張一合地想要吐出話語，但最後咕嚕一聲嚥下口水，重新看向蟾蜍。

「怎麼變的？」

爸爸好不容易擠出這句話，目光一直離不開蟾蜍。

「爸爸……」

小萌一副事態嚴重的表情，從腳邊抬頭仰望爸爸說道。

「我親了鬼丸爺爺之後，鬼丸爺爺就變蟾蜍了。我變成了青蛙嘴。因為我沒有遵守跟朋友的約定……」

「嗯？咦？啊？」

爸爸不停眨著眼睛，然後看向腳邊的小萌，再看向沙發上的蟾蜍以及所有家人，眼神尋求著答案。

「因為被小萌親了，所以鬼丸爺爺變成蟾蜍？哪可能有這種……」

爸爸沒能把話說完，媽媽點點頭接下爸爸的話題說：

「這個『哪可能』成真了。雖然很難相信，但真的發生了。」

儘管目光像被蟾蜍吸引住了一樣，但爸爸還是拚命地挪開目光，注視媽媽的臉說：

「意思是……現在一副大爺模樣躺在那裡的蟾蜍是鬼丸爸爸？」

「沒錯。」

媽媽、小結、小匠、小萌動作一致地點點頭。

「爸爸被小萌親了之後，變成了蟾蜍……是這個意思沒錯吧？」

「沒錯。」

四人再次點頭。

「不是啊……可是……怎麼可能……」

爸爸無力地搖著頭。

「我從沒聽過有這種事情發生。如果是青蛙王子被公主親吻後變回人類的童話我倒是聽過，但為什麼被小萌親吻後……爸爸會從人類變成蟾蜍……不對，從狐狸變成蟾蜍的模樣？」

「爸爸，這是詛咒。」

小匠做出最合乎事實的說明。

「打勾勾的詛咒。小萌真的很誇張，她跟幼兒園的朋友做了約定，還打勾勾答應絕對不會把祕密告訴任何人。小萌說打勾勾的時候的咒語就是『說謊的人會變青蛙嘴』。因為這樣，所以小萌變成了青蛙嘴。」

「不會把祕密告訴任何人？青蛙嘴？」

爸爸轉頭看向小萌，小萌露出難為情的表情，扭扭捏捏地用雙手遮住自己的嘴巴。

「看起來沒有任何改變啊，小萌的嘴巴還是跟平常一樣……話說回來，小萌到底說了什麼祕……」

小匠打斷爸爸的話語，又主動說明：

「爸爸，小萌她跟一個男生朋友，兩個人從幼兒園樹籬笆底下的護網縫隙偷偷鑽到園長家的庭院。那男生要小萌不能說出祕密，小萌卻把祕密說出來，結果現在變成青蛙嘴。」

爸爸楞住不動。

「哪有這種事？就因為這樣？不過是說出這麼點小祕密，就會變成青蛙嘴，太誇張了吧。」

媽媽從旁為爸爸補充說明：

「所謂的青蛙嘴，似乎不是嘴巴會變成長得像青蛙一樣，而是嘴巴變成會使得親吻的對象變成蛙類生物。」

小結也插嘴說：

「爸爸，爺爺變成蟾蜍後，我們試著做了各種實驗。結果發現果然是媽媽說的那樣沒錯。意思就是，只要被小萌親了之後，對方就會變成蛙類生物。」

「咦？」

聽到小結的話語後，爸爸錯愕地環視家中。

「意思是說還有其他人？還有其他人在做實驗時變成了蟾蜍？」

「沒有啦，怎麼可能！我們當然不會拿人類來做實驗。」

小結先安撫爸爸的擔心情緒後，補充說：

「是爸爸的仙人掌盆栽被變成蟾蜍了。爸爸，你不是種了一盆沒有刺的仙人掌嗎？小萌親了那盆仙人掌之後……你看！」

小結一邊說話，一邊指向放在客廳角落的塑膠盒。

「那盆仙人掌變成了雨蛙。你看，那盒子裡不是有隻雨蛙嗎？」

爸爸走近塑膠盒往盒內一看，發現一隻小雨蛙在扁平形狀的石頭陰影處一動也不動。爸爸直直注視著小雨蛙，忍不住低聲呻吟。

「嗚——那是我的蟹爪蘭變身後的模樣啊……」

小匠更加詳細地說明：

「雖然仙人掌變成了雨蛙，但隔熱手套或湯匙之類的東西就沒有。照結果看起來，青蛙嘴的詛咒好像只有在生物身上才會發揮作用。只要是活的東西被小萌親了，就會變成蛙。」

為了證明小匠的發言無誤，小萌把臉貼近沙發上的靠枕，親吻給爸爸看。

小萌貼上嘴唇發出「啾」的一聲，但靠枕沒有出現任何變化。

小萌抱起靠枕，向爸爸報告說：

「餅乾也不會變成蛙，還有炸豬排也不會。」

「真的幸好食物不會變成蛙類生物。要是連食物也會變成蛙就慘了，到時小萌即使肚子餓了，也不能吃東西。」

媽媽感觸極深地說道。

聽完一遍大家的說明後，爸爸歪著頭沉思一會兒，開口說：

「說起來也奇怪，不過是小孩子之間打勾勾做約定，為什麼會搞成這樣？我小時候也跟朋友不知道打勾勾過多少遍，偶爾也會不小心沒有遵守約定，但從來沒有吞過一千根針過啊。」

「重點就在這裡。」媽媽說道。

「只能說小萌打勾勾的對象擁有某種特別的能力。這算是一種詛咒。那孩子對小萌下了『青蛙嘴的詛咒』。」

「你們可不可以安靜一點？」

變成蟾蜍的爺爺抱怨說道。電視正在播放爺爺最愛的古裝片，此刻劇情即將進入高潮。

不知道是因為不想打擾爺爺收看電視，還是不想被爺爺聽見，爸爸大大壓低聲音對著媽媽說：

「現在要怎麼辦？是不是該聯絡媽媽一下比較好？妳想喔……總不能就這樣讓爸爸一直保持這個模樣吧？我想爸爸也不願意以後一輩子當蟾蜍住在我們公寓裡吧……」

媽媽也壓低聲音回答爸爸說：

「爸爸不准我跟山上聯絡。我也覺得要跟媽媽商量一下比較好，但爸爸說他絕對不要讓狐狸家族的任何同伴知道他變成現在這個模樣。你也知道爸爸那麼固執又愛面子……」

「可是，那這樣要怎麼辦？如果不能借助妳親戚的能力，還能有什麼方法讓爸爸和蟹爪蘭變回原本的模樣？」

看見爸爸一副束手無策的模樣，媽媽回答：

「總之，現在最先要做的就是找出小萌打勾勾的對象。只要找到人，應該就能掌握到解除詛咒的線索才對……」

小萌與爺爺並肩而坐，也看起古裝片。媽媽著手準備起爸爸的晚餐，小結和小匠總覺得不能讓視線離開變成蟾蜍的爺爺，所以都沒有回到自己的房間。

去到洗手台洗手、漱口後，爸爸拿著溼毛巾回到客廳來。

「爸爸，您這樣身體會乾掉的。」

就在爸爸準備把毛巾輕輕放到一副大爺模樣的蟾蜍身上時——

「災難即將到來！」

隨著不吉祥的話語傳來，祝姨婆突然現身在客廳的入口處。

「哇！」爸爸大叫，但不是因為祝姨婆突然出現而被嚇一跳。

爸爸大叫的原因是蟾蜍模樣的爺爺因為擔心被祝姨婆看見，動作迅速地從爸爸胸前跳進夾克裡。

「出現了……」

小匠的竊語聲傳來。

「祝姨婆，晚安。」

小結打招呼後，坐在沙發上的小萌也行一個禮說：「晚安。」

祝姨婆是狐狸家族的親戚，時而會為了告知不祥的預言，而變身成人類來到小結家的公寓。

一如往常，祝姨婆今晚也沒有想要向小結和小萌打聲招呼的意思。身穿黑色長袍的祝姨婆右手拿著水晶球、高高舉起左手指向天花板，自顧自地拉高嗓門說起她最擅長的預言：

「災難即將到來！這個家被災難黑影整個籠罩住了！大家千萬要小心！可怕的災難很快就會降臨到你們的頭上！」

「呵呵呵！」爸爸笑出聲音來，但不是因為覺得祝姨婆的預言可笑。原因是蟾蜍模樣的爺爺鑽進爸爸的夾克裡之後，在爸爸的懷裡動來動去，搔得爸爸腋下發癢。

然而，爸爸的舉動似乎惹得祝姨婆不開心。祝姨婆狠狠瞪著發出笑聲的爸爸，原本指向天花板的指尖換成抵住爸爸的胸口說：

「你在笑什麼？我可是在警告你們災難馬上就要到來。瞧！災難已經跑進你的懷裡！」

「預言好像滿準的……」

小結不由得這麼嘀咕後，瞥了爸爸的夾克一眼。因為蟾蜍躲在裡面，夾克的肚子部位變得鼓鼓的。蟾蜍模樣的爺爺還在夾克裡動來動去，爸爸用雙手拚命按住肚子忍受著搔癢感。

祝姨婆一副感到可疑的模樣看著爸爸。

「怪了？你最近是不是胖了？我看你的外套繃得都快裂開來。」

「沒有，我怎麼會變胖呢！」

為了不讓祝姨婆看出異狀，爸爸使勁地壓平夾克，爺爺隨之發出「呱」的一聲怪聲。

這下子祝姨婆更是感到可疑地凝視著爸爸。

「你剛剛是不是說了什麼？」

「沒有。」

爸爸態度果決地搖頭。

「肚子……我的肚子剛剛叫了一下。可能我太餓了……」

「老公，豬排炸好了喔，你再等一下喔！」

媽媽也在廚房裡加入戰局，一起幫忙轉移祝姨婆的注意力。

祝姨婆保持捧著水晶球的姿勢，不停哼著鼻子。那模樣簡直就像試圖嗅出大家在隱瞞什麼。祝姨婆一邊謹慎地環視屋內，一邊開口說：「嗯？我聞到鬼丸的味道。」

信田家全家人的臉上浮現錯愕的表情。

「鬼丸有來嗎？我怎麼沒看到他？」

祝姨婆是媽媽的母親的妹妹，鬼丸爺爺等於是她的姊夫。所以，祝姨婆理所當然十分熟悉鬼丸爺爺的氣味。

小結心想肯定會穿幫而就快放棄時，小匠開口說：

「我忽然想到一件事，祝姨婆對詛咒和魔法之類的事情很有研究，對吧？搞不好她也知道那個詛咒？」

對於小匠自言自語似的嘀咕話語，祝姨婆沒有漏聽任何一句。

「那個詛咒是什麼詛咒？」

祝姨婆把追探鬼丸爺爺的氣味一事拋到腦後，直視小匠問道。

祝姨婆最愛兩件事。一件是告知不祥的預言，另一件是炫耀自己的知識和能力。在告知不祥的預言這方面，祝姨婆經常逮得到機會，但在炫耀這方面，似乎鮮少逮得到機會。正因為如此，祝姨婆才會對小匠的發言緊追不捨。

小匠十分了解這個事實，所以刻意吊祝姨婆的胃口說：

「不過……這也很難說啦……祝姨婆應該不知道吧……畢竟從來

就沒聽過有這種詛咒……祝姨婆再怎麼厲害，還是不可能知道的。」

「吼！急死人了！」

祝姨婆急得在客廳的地板上跺腳。

「快點說吧！到底是怎樣的詛咒？」

小匠確認祝姨婆已經確實上鉤後，簡短說出一句：

「青蛙嘴的詛咒。」

祝姨婆的嘴巴動個不停，那模樣簡直就像在咀嚼小匠的話語。祝姨婆想必正在不停動腦思考，試圖找出存放在腦中某處的詛咒知識。

「青蛙嘴的詛咒啊……」

沒多久，祝姨婆皺起眉頭，裝模作樣地嘀咕道。

「聽是聽說過啦……」

「咦？真的嗎？」

小匠瞪大眼睛與小結互看一眼，祝姨婆見狀，這回換成她露出微笑，吊人胃口地說：

「不過呢……我不算是很了解這個詛咒。畢竟在山上生活的生物，好比說我們狐狸也是，我們不會用那樣的詛咒。那不是山上會用的詛咒。」

「那不然是誰的詛咒？」

小結不由得反問道。

祝姨婆一邊轉動把玩手中的水晶球，一邊面帶微笑地望著等待答案的信田家每個人。盡興享受一陣受人矚目的感覺後，祝姨婆終於一副慎重其事的模樣，簡短告知一句：

「那是水中同伴的詛咒。」

「水中同伴？」

小結與小匠異口同聲地說道，並互看一眼。祝姨婆點點頭繼續說：「我以前聽說過在水中同伴之間流傳的故事。那是一個與古老水池的主人有關的傳說。據說這個水池主人擁有非常強大的魔力，如果有哪個傢伙靠近水池，然後不小心惹火水池主人，水池主人就會立刻施展魔力把對方變成石頭。不論對象是人類、狐狸、鹿，還是猴子都一樣。因為這樣，那座水池四周滿地都是各種不同形狀的大大小小石頭。也就是說，被魔力變成石頭的傢伙都滾落在水池四周。」

小結忍不住在心中嘀咕起來。

可是，這跟小萌被下的詛咒不一樣。小萌又沒有變成石頭⋯⋯

祝姨婆繼續說：

「可是呢，這個水池主人在某天愛上了美麗的人類女孩。那女孩住在水池附近的樹林裡，是個大家公認的美女。女孩的父親是個農夫，女孩每天的任務就是送飯糰去給父親吃。因為在前往農田的途中會經過水池旁邊，所以水池主人每天都會看見女孩。一天一天過去，水池主人終於再也忍不住。某天，水池主人讓自己變身成俊秀的人類少年，出現在女孩的面前。女孩也很快就愛上了俊秀的少年。沒辦法，人類的年輕女孩只要被帥氣的男生搭訕，很容易就心花怒放。」

祝姨婆一邊上下打量身上有一半人類血液的小結，一邊這麼說。

很容易被帥哥迷倒的人應該是小季吧！是說，小季不是人類，而是一隻狐狸就是了。

小結不禁聯想起媽媽的妹妹小季，但當然沒有說出口，而只是在心中吐槽。祝姨婆又繼續說：

「在那之後，兩人每天都在池畔約會。時間過著過著，女孩開始覺得少年很不可思議。兩人明明已經見過好幾次面，女孩卻完全不知道少年住在哪裡，又是打哪裡來？不僅如此，女孩在約會結束後，先離開池畔才轉過頭看時，少年早就消失得無影無蹤。某天，女孩終於豁出去地詢問少年說：『你到底是誰？住在哪裡？』水池主人當然一直不肯坦承自己的真實身分，但後來實在禁不起女孩一次又一次的詢

問，只好老實說出來。水池主人說：『其實我不是人類，我是這座水池的主人。』說出身分後，女孩這回換成想要知道少年的真實模樣。女孩苦苦哀求水池主人讓她看見真實樣貌。

最後，水池主人終於接受了女孩的要求。水池主人告訴女孩如果願意發誓即使在看見他的真實樣貌之後，也不會吃驚或害怕的話，就讓女孩看見真實樣貌。女孩當然發誓了，她說即使看見少年的真實長相，也絕對不會吃驚或害怕。可是呢，當少年以真實模樣現身的那一刻，女孩根本忘了自己發過誓，嚇得驚聲尖叫，然後一溜煙地從水池邊拔腿逃跑。」

「水池主人的真實身分是什麼？」

小匠興致勃勃地問道。

祝姨婆顯露出壞心眼的笑容回答：

「一隻三百歲的巨大蟾蜍。」

「噁！」小匠皺起眉頭嘀咕說：

「難怪女孩會逃跑……」

「可是，水池主人應該很生氣吧？」小結問道。

祝姨婆點點頭後，繼續說：

「當然很生氣。於是，水池主人對背叛他，還讓他出糗的女孩下了詛咒。」

「他把女孩變成蛙類，對不對？」

小匠問道，祝姨婆朝向小匠表情凝重地搖搖頭說：

「不對，不是你想的那樣。水池主人想出更壞心眼的報復方式。為了讓背叛自己的女孩再也不能喜歡上其他男生，水池主人對女孩下了青蛙嘴的詛咒。」

「青蛙嘴的詛咒！」

小結複誦一遍祝姨婆說的話後，與小匠、爸爸和媽媽交換眼神。

祝姨婆繼續說：

「也就是說，水池主人下的詛咒是當女孩愛上某人，並想與情人親吻時，只要一親吻，對方就會立刻變成醜陋的蟾蜍。就是變成跟遭到背叛的水池主人一樣的樣貌。因此，女孩最後終於放棄喜歡上任何人，在尼姑庵裡度過一生。」

「好過分喔！」

小結不由得憤慨不已地嘀咕道，祝姨婆看向小結，聳聳肩說：

「沒辦法啊，誰叫那女孩只看外表俊俏就心花怒放，才會有那樣的下場。妳也要多加小心。」

媽媽在廚房裡第一次插嘴說：

「不過，那是很久以前的事了吧？現在還有人那樣下詛咒嗎？」

「誰知道呢。」祝姨婆歪起頭說道。

「我再怎麼厲害，也不可能深入了解那麼多。畢竟我又不是專門在研究水中同伴的詛咒。不過呢，既然以前有人能夠下那樣的詛咒，就表示現在也一樣吧，只要有哪個傢伙擁有強大的魔力，應該也能夠輕鬆做到一樣的事情。」

聆聽祝姨婆說話時，小結和小匠無法克制地不時瞥看小萌。畢竟祝姨婆描述的古老傳說中所出現的青蛙嘴詛咒，就跟小萌被下的詛咒一模一樣。不過，因為小萌的親吻而變成蛙的不是情人，而是爺爺就是了。

「除了蛙之外，還有其他水中同伴有能力下這種詛咒嗎？」

小結詢問後，小匠也詢問祝姨婆說：

「有沒有解除詛咒的方法？」

祝姨婆的眼神中，第一次浮現感到懷疑的神色。祝姨婆注視著小結和小匠的臉，一副試圖看出什麼端倪的模樣。

「你們兩個今天怎麼問題特別多？為什麼會對青蛙嘴的詛咒這麼感興趣？該不會有誰被下了青蛙嘴的詛咒吧？」

小萌開口不知道打算說什麼。

「……就是呢。」

「小萌！噓！」

小匠急忙打斷小萌的話語。

「喲！喲！喲！」

祝姨婆誇張地瞪大眼睛，一副感到有趣的模樣看向小萌。

「看來年紀最小的這位小姑娘好像知道些什麼喔。」

祝姨婆猛地踏出步伐，朝向電視走近。小萌獨自坐在沙發的角落，一臉困惑地東張西望環視所有人。祝姨婆來到小萌的面前站開雙腳，腰一彎迅速把臉湊近小萌說：

「好啦，小姑娘，快把祕密說給姨婆聽吧！妳知道些什麼？」

「祝姨婆，妳別這樣。小萌嚇壞了。」

看見祝姨婆像要把小萌整個人包住似的模樣，媽媽從廚房走到客廳來，用著尖銳的聲音說道。

「小萌，快過來這邊！」

為了救出被逼到絕路的妹妹，小結朝向沙發伸出手，並成功握住小萌的一隻手。這時，祝姨婆按住小萌的另一隻手臂。

「所有人都往後退！你們全是一夥的。你們有什麼事情瞞著我，對吧？來吧，小萌，快老實招出來就沒事了！」

「祝姨婆，快放開小萌。」

媽媽搭著祝姨婆的肩膀說道。

祝姨婆撥開媽媽的手。

水晶球滾落到地板上。

「大家先冷靜下來！祝姨婆，總之請您先放開小萌，到那邊請坐一下。」

爸爸試圖緩解氣氛而開口說道，但根本沒有人理會爸爸的話語。

「小萌！還不快說！」祝姨婆說道。

「小萌，來！快過來姊姊這邊！」小結說道。

「祝姨婆，快放開小萌的手！」媽媽說道。

「老婆，妳也冷靜一點！」爸爸說道。

「小萌，快說！有事情瞞著祝姨婆不說，這樣是壞小孩喔！如果妳是個乖小孩，全部說出來就沒事了！」

祝姨婆讓身體更加貼近小萌說道。

「小萌！不准說！」小匠說道。

祝姨婆的臉逼近到小萌的面前，小結在一旁看得心驚膽跳，深怕小萌的嘴唇會碰觸到祝姨婆的臉部某處。為了盡快讓小萌離開祝姨婆身邊，小結握著小萌的手用力一拉。

「小萌，快離開祝姨婆身邊！親到祝姨婆……」

—**就糟了**……祝姨婆的怒吼聲打斷了小結的話語。

「吵死了！全都給我安靜！」

祝姨婆怒吼的那一刻，小萌幾乎同時間親吻了祝姨婆的鼻尖。

啾……帶有溼潤感的聲音傳來。

下一刻，整個客廳瞬間一片鴉雀無聲。

「呵……呵呵呵！」這笑聲可不是爸爸的笑聲，而是鬼丸爺爺的笑聲。

蟾蜍模樣的鬼丸爺爺，從爸爸的夾克裡鑽出頭來。

「真是開心啊……祝也變蟾蜍了！這下子我有同伴了！」

「什麼意思？到底在說什麼啊？怎麼會出現這隻噁心的蟾蜍？」

祝姨婆大聲叫嚷不停。然而，大叫的祝姨婆模樣已不是人類，也不是狐狸。這時的祝姨婆早已變成像鬼丸爺爺一樣噁心的蟾蜍模樣。

面對自己闖下的大禍，小萌慌張不已，她表情僵硬地看向小結說：「因為……小結姊姊叫我親祝姨婆……」

「哪有！我沒有那樣說！」

小結拚命地搖頭否定。

「我剛剛是想要說『親到祝姨婆就糟了』！」

聽著小結和小萌的對話，小匠在一旁靜靜嘀咕說：

「總之要趕快想辦法解開小萌的詛咒。要不然我們家很快就會變成到處都是蛙了。」

小結也覺得小匠說的確實有理。

一定要想辦法解決才行。可是，到底該怎麼做才解得開小萌被下的青蛙嘴的詛咒？

3 星期四

祝姨婆在洗手台前照鏡子而得知自己變成蟾蜍後，簡直是火冒三丈。可是，祝姨婆再怎麼發脾氣也於事無補。畢竟在找出解除詛咒的方法之前，祝姨婆除了以一隻蟾蜍的姿態過生活之外，別無選擇。

至於解除青蛙嘴詛咒的方法，很遺憾地，祝姨婆也一無所知。

為了讓鬼丸爺爺和祝姨婆這兩隻蟾蜍能夠多少過得快活一些，爸爸貼心地打造了貴賓席。爸爸拿來浴室的洗臉盆以及用來洗衣服的特大洗衣盆，在盆裡倒入少許的水，再鋪上毛巾，打造出像人工溼地，

也像水池的空間。

不用說也知道，為了爭奪使用較大的「洗衣盆池」，爺爺和祝姨婆爭吵不休。後來，在媽媽的提議下，選擇以畫鬼腳籤來決定。最後，祝姨婆選到可以連到「洗衣盆」的籤，贏得洗衣盆池。鬼丸爺爺泡進洗臉盆池時，完全就像個鬧彆扭的三歲小孩……是說，以蟾蜍的年齡來說，三歲已經不算小孩就是了。

「哼！哼！哼！」蟾蜍模樣的爺爺忿忿不平地在洗臉盆裡跳來跳去，故意讓洗臉盆裡的水到處飛濺。

「我的年紀比較大，應該把大的洗衣盆禮讓給我才合乎禮節吧。誰有辦法跟這種沒禮貌的狐狸……不對，誰有辦法跟這種沒禮貌的蟾蜍往來！」

「爸爸，您就別生氣了。您今天先用這個洗臉盆將就一下。明天我再去買一個洗衣盆回來。」

儘管爸爸說出安撫的話語，爺爺還是在洗臉盆裡繼續跳來跳去。小結望著蟾蜍爺爺，忍不住想要搖頭嘆氣，她心想在身體幾乎塞滿整個洗臉盆空間之下，真虧爺爺還能夠這樣跳個不停。

「爸爸！你再繼續這樣把水濺得到處都是，我就把你關進浴室裡！你最好做好心理準備，到時候可就看不到電視了。」

聽到媽媽這麼說，鬼丸爺爺才總算停止跳躍，然後撇嘴擺出臭臉不說話。

小匠在小結的耳邊低聲細語說：

「爺爺他們兩個會不會打算一直待在我們家啊？我是說萬一沒辦法變回原本的模樣……」

不僅鬼丸爺爺，祝姨婆也不願意讓居住在山上的狐狸家族同伴們知道此刻的狀況。

祝姨婆說：「要是讓山上的同伴們知道我現在這丟臉的模樣，還不如死了算了！」

媽媽私底下向小結幾個孩子說明。對一隻變身狐狸來說，不是自己主動變身成其他模樣，而是因為中了某人的法術而遭到強制變身，是一件名譽嚴重受損且丟臉的事情。

鬼丸爺爺與祝姨婆打算對山上的所有同伴隱瞞這個祕密到底，這就等於他們兩人都不會回到山上，而會一直住在小結她們家。除非順利解除詛咒，兩人得以變回原本的模樣，否則就會一直住下去……

小結忍不住在不會被爺爺和祝姨婆發現之下，偷偷嘆息。

「我肚子餓了，快弄點什麼給我吃！」

爺爺在洗臉盆裡說道。媽媽露出難以置信的表情看著爺爺說：

「爸爸，你不是剛剛才吃過炸豬排嗎？明明是隻蟾蜍，居然兩三下就吃光一人份的炸豬排，不是嗎？」

媽媽說的沒錯。因為沒預料到訪客前來，媽媽不得已只好選擇與訪客平分自己那一份炸豬排，但別說是平分了，媽媽的一整塊炸豬排被爺爺吃個精光。明明是隻蟾蜍，食量卻那麼大！

「這樣很難咬，幫我切細一點！」吃炸豬排時，爺爺還一邊抱怨說道。

「還沒有人幫我準備晚餐喔？」祝姨婆突然這麼說。

這時爸爸正準備吃剛炸好的炸豬排，於是主動提議把炸豬排分一半給祝姨婆吃。

「誰來餵我吃一下吧，我現在這樣子很難吃東西。」

「哼！沒見過這麼任性的蟾蜍。」

鬼丸爺爺埋怨說道，完全忘了自己也好沒到哪裡去。

「媽媽，我來餵祝姨婆吧！」

小結拿叉子刺起切成小塊的炸豬排，一邊往蟾蜍姨婆的嘴裡送，一邊無法克制地發出嘆息聲。

一定要趕快想辦法解決才行。不然這兩隻難伺候的蟾蜍就會一直待在家裡……我哪受得了每天都要餵蟾蜍吃飯！

當然了，不只有小結，爸爸、媽媽和小匠也都抱著這般想法。就是變成青蛙嘴的小萌，肯定也希望早一日解除詛咒。畢竟每次親吻後，對方就會變成蛙可是個大問題。

到底是哪個傢伙對小萌下這樣的詛咒……

如果真如祝姨婆所說，小萌被

下的詛咒是水中同伴會施展的詛咒，為何小萌的男生朋友會知道有這樣的詛咒？那男生又為何有能力對小萌下詛咒？

搞不好那男生的真實身分是一隻三百歲的蟾蜍……可是，三百歲的蟾蜍真的有可能跑到幼兒園去嗎？

小結就算想破頭，也想不出答案來。

明天應該就會知道一些線索了吧。等媽媽跟小萌一起去到幼兒園後，肯定可以找出那男生。

小結在心中這麼安撫自己的同時，把最後一塊炸豬排塞進不停一張一合的蟾蜍姨婆嘴裡。

隔天，小萌戴上口罩出門去上幼兒園。戴口罩的用意當然是為了避免小萌的青蛙嘴，一個不小心把同學或老師變成蛙類生物。

小結和小匠準備出門去上學時，蟾蜍爺爺和蟾蜍姨婆還在各自的小池裡，埋在溼毛巾底下睡覺。

「媽媽，加油喔！一定要盡快解開詛咒。找到跟小萌打勾勾的男生後，妳一定要讓他幫小萌解開詛咒喔！」

小結這麼告訴媽媽後，便出門去上學。等到第六節課一結束，小結立刻一溜煙地跑回家。小結心裡抱著滿滿的期待，心想搞不好一切問題都已經獲得解決。

媽媽順利找到打勾勾的對象，並向對方問出解除詛咒的方法，現在青蛙嘴的詛咒已經消除，鬼丸爺爺和祝姨婆也都恢復原本的模樣回山上去了……**如果真是如此就太好了……**小結這麼心想，並用力拉開玄關門。

「唉……」

小結踏進玄關的那一刻，嘆息化為聲音脫口而出。小結看見蟾蜍模樣的鬼丸爺爺在眼前的玄關地墊上，以四肢著地的姿勢披著溼毛巾努力撐著。

「妳回來了啊。」

蟾蜍爺爺向小結搭腔說道，喉嚨也隨之咕嚕咕嚕響。

「我回來了……看來詛咒還沒有解開啊。」

這麼做出回應後，小結再次開口發問：

「爺爺，你怎麼跑到玄關來了？如果不好好待在洗臉盆裡，小心皮膚會乾掉喔！」

「哼！洗臉盆的空間那麼小，我已經待到厭煩透頂。我要一直在這裡等，等到我女婿買洗衣盆回來。」

「咦？可是，現在距離爸爸回來的時間還早得很耶……」

「小結，妳回來了啊。」

媽媽總算從客廳露臉說道。

「媽媽，爺爺說他要一直在這裡等到爸爸買洗衣盆回來耶。」

媽媽一副有話想說的模樣向小結使眼色，於是小結穿過蟾蜍爺爺的身邊，走進屋內。

「爺爺，我先進去一下喔。」

小結一邊說話，一邊穿過蟾蜍身邊直接走向洗手台後，媽媽也來到洗手台。小結正在洗手時，媽媽極力壓低聲音，用著不會讓玄關的爺爺以及在客廳裡的祝姨婆聽到的音量，對著小結耳語：

「爺爺跟祝姨婆搶地盤結果搶輸了，所以正在鬧脾氣。」

「搶地盤？」

小結瞪大眼睛問道，媽媽點點頭說：

「嗯。今天早上爺爺拜託祝姨婆跟他交換洗衣盆一下下就好。爺爺說洗臉盆太小了，害他腰痛起來。可是呢，祝姨婆說什麼也不肯離開洗衣盆。結果兩個就為了搶洗衣盆大吵一架，最後爺爺被趕出洗衣盆。」

「唉……」小結深深嘆口氣。

「所以現在才會在那邊等新的洗衣盆回來啊……爺爺根本是在意氣用事嘛。」

「是啊。」媽媽再次點點頭，繼續說：

「爺爺說打死他也不要再進去那麼小的洗臉盆。爺爺說與其待在小臉盆，他寧願變得青蛙乾。」

小結想像爺爺在玄關變成青蛙乾的畫面，不由得打起冷顫。小結急忙揮開腦中的畫面，詢問媽媽說：「有找到那男生嗎？有找到跟小萌打勾勾的男生吧？」

「說到這個……」

媽媽皺起眉頭低喃說：

「一大堆不可思議的事情。妳先去洗手漱口，把書包放到房間後，再過來客廳。我等一下在客廳慢慢說明給妳聽。」

小結走進客廳後，發現落地窗大大敞開，窗外的陽台映入眼簾。祝姨婆請人把洗衣盆搬到陽台上，正在做日光浴。小萌在一旁攤開小型摺疊桌椅，正在摺色紙。小萌已經拿下口罩了。

「我回來了。」小結這麼打招呼後，正在打盹兒的祝姨婆一副嫌麻煩的模樣只睜開一隻眼睛看向小結，馬上又打起瞌睡來。

「我在負責監視。」小萌一臉正經的表情對著小結說道。

「我在監視烏鴉，以免牠們把姨婆抓走。」

「是喔，小萌真棒，加油喔！」

說罷，小結和媽媽兩人面對面，在可以一覽無遺陽台的客廳桌子前坐下。媽媽描述起這天在幼兒園進行調查的整個經過。

媽媽說的沒錯，事情真的很詭異。首先，在幼兒園裡沒發現與小萌打勾勾的男生。那男生根本不存在。

今天早上，媽媽帶著戴上口罩的小萌去到幼兒園後，以「因為小萌有點感冒，所以想要觀察一下狀況」為理由向導師提出要求，順利留在幼兒園裡。然後，媽媽假裝在旁觀察小萌的狀況，一一確認來幼兒園上學的所有小孩。當然了，包括在教室以及在遊戲場玩耍的小孩，媽媽也一一確認過長相。

媽媽與小萌說好只要發現對方就打暗號，但最後小萌並沒有找到與她做約定的男生。

媽媽趁著向老師說明小萌的感冒狀況時，若無其事地也確認過當天有沒有其他小孩因為感冒而請假。

當天確實有小孩請假，但其中一人是小萌班上的男生。小萌與請假的男生十分熟識，所以可以清楚知道不是打勾勾的男生。

另外還有中班和大班的女生共三人請假。當然了，因為都是女生，所以不是打勾勾的對象。

「所以呢，沒找到那男生。」媽媽向小結說道。

「找遍整個幼兒園都沒發現那男生的存在。」

「可是……」

為了避免讓陽台上的小萌聽見，小結輕聲對媽媽說：

「搞不好小萌根本不記得了。她會不會記不太清楚哪個男生是打勾勾的男生？小萌一向記不太住男生的名字……」

媽媽也輕聲說：

「可是，就算不知道名字，也不至於連長相都不記得吧？小萌跟對方一起玩耍過很多次耶。小萌昨天也才跟那男生一起鑽過樹籬笆，偷偷跑進園長家，不是嗎？而且……」

媽媽描述起更加詭異的事情。

就連小萌鑽過的樹籬笆縫隙也不存在。小萌帶著媽媽前往的地方，也就是隔開遊戲場與園長家的樹籬笆後，媽媽發現根部的護網根本沒有任何縫隙或破洞。

「我也確認過繡球花叢的最裡面，那裡也確實拉上護網，根本沒有什麼小萌說她鑽過的縫隙。」

「那小萌到底是從哪裡鑽進去的？」

小結感到莫名其妙地詢問媽媽。

「我也不知道。」媽媽一臉困惑的表情注視小萌，搖搖頭說道。

「真的很奇怪，好像一切都是幻覺一樣。不論是小萌說的男生朋友也好，還是通往園長家庭院的隧道也好，居然都找不到……」

「可是，不可能是幻覺啊。小萌就真的因為跟那男生打勾勾做過約定，才被下了詛咒。然後因為被下了詛咒，鬼丸爺爺和祝姨婆才變成蟾蜍，不是嗎？」

「是啊。」媽媽點頭認同小結的說法。

「所以我才說很不可思議。為什麼跟小萌打勾勾的男生，還有樹籬笆的隧道，全都不留痕跡地消失不見？……應該說，為什麼那男生只出現在小萌的面前？為什麼只有那男生和小萌有辦法鑽過根本不存在的破洞，去到園長家的庭院？」

小結找不到答案回答媽媽的問題，不禁陷入沉默。

小結和媽媽注視著陽台的方向，祝姨婆在兩人的視線前方打了一個大呵欠。

這天，連貪玩的小匠也早早就從學校跑回家。小匠想必也非常在意青蛙嘴的詛咒，否則如果是平常，他一定會在學校操場玩耍到放學時間的最後一刻才回家。鬼丸爺爺仍披著毛巾，在玄關處努力撐著。

「爺爺，你這樣會乾掉的。」

小匠一邊這麼搭腔，一邊走進屋內。聆聽小結和媽媽說明幼兒園的調查結果時，小匠頻頻點頭出聲附和。

「我想也是，果然根本沒有什麼破洞。要是真的有洞可鑽，我當初應該也會鑽洞，不會翻門過去。」

小匠表示認同的點讓人覺得有些莫名其妙。小結詢問小匠說：

「你覺得呢？為什麼只有小萌可以跟那個怪男生見到面，還可以一起從樹籬笆底下鑽進園長家？我跟你以前在幼兒園上學時，都沒有發生過那麼奇怪的事吧？」

「嗯……沒有發生過。」

小匠答道，那口吻隱約帶著「要是有發生過就好了」的意味。

這時，祝姨婆的聲音突然從陽台的洗衣盆傳來：

「我來去調查好了。」

「咦？」

小結、小匠、媽媽，就連小萌也嚇一跳地看向蟾蜍姨婆。祝姨婆用溼毛巾蓋住一半的身軀，頭頂上凸出的兩顆大眼珠轉來轉去地環視所有人。

「我的意思是我來去幼兒園調查。幼兒園之外，也調查一下隔壁住家的庭院。」

「咦？……可是……」

小結話說到一半，與媽媽互看一眼。媽媽接話說：

「可是，從這裡到幼兒園有一段距離。和小萌一起走去要花上二十分鐘。」

「帶我去啊！」

「咦？」

這回小結換成與小匠互看一眼。

「要怎麼帶妳去？」小匠問道。

「怎樣都行啊。看是要抱我去，還是背我去都行。總之，現在馬上帶我去幼兒園。如果是我去調查，肯定可以找到一些線索。畢竟跟你們這幾個比起來，我對咒術和魔法了解得多了。」

抱去？抱著蟾蜍去？背去？背著蟾蜍去幼兒園？

「這恐怕……」

就連衝動派的小匠也表現出畏縮的態度。小結也是抱著「什麼都好，但拜託千萬不要這麼做」的心態。

「祝姨婆，如果抱著蟾蜍在路上走，人家會覺得很可疑。搞不好還有可能被警察抓走。」

小結刻意這麼說，試圖讓祝姨婆打消念頭。

然而，祝姨婆的意志相當堅定。祝姨婆一旦說出口，就怎麼勸也勸不聽。就固執的程度來說，祝姨婆完全不輸給鬼丸爺爺。

「快帶我去，現在馬上出門調查。」祝姨婆一直這麼堅持。

最後，小結幾人終於擋不住祝姨婆的強勢要求，在不得已之下帶著蟾蜍前往幼兒園。

媽媽利用超市的塑膠袋套成雙層塑膠袋，並且在袋子底部鋪上溼毛巾後，把擁有蟾蜍身軀的祝姨婆裝進塑膠袋裡。接著，媽媽再把雙層塑膠袋放進購物袋中，讓人可以掛在肩上接送祝姨婆到幼兒園。接送祝姨婆的任務由小結和小匠兩人負責。為什麼需要大費周章地派出兩個人來負責呢？原因是小結和小匠都不願意自己一人接下這項任務。

於是，兩人決定好去程由小結負責背袋子，回程再換成小匠。

「一切小心喔！」

小結背起蟾蜍袋子時，媽媽這麼叮嚀，但小結實在不知道該小心什麼。

媽媽的意思是小心不要被人發現正在運送蟾蜍嗎？還是在叮嚀小

結放亮眼睛，不要讓祝姨婆做出什麼荒唐事？

小結對著一臉擔心的媽媽，還有在媽媽身旁抬頭看向這裡的小萌，以及在毛巾底下一動也不動的蟾蜍鬼丸爺爺說一句：「我們出門去了。」

就這樣，小結和小匠帶著裝了祝姨婆的購物袋，朝向幼兒園出發去了。

4 調查

走出屋外後，秋天的暮色已漸漸籠罩整座城市。西邊的天空染上一片玫瑰色，家家戶戶的牆壁泛起粉紅光芒。白天時間明明十分暖和，此刻吹拂而來的風卻帶有十足的涼意。綠園道兩旁的銀杏樹，在風中輕飄飄地撒下金色樹葉。

小結和小匠踩著散落在人行道上的落葉，朝向幼兒園走去。

途中經過公園時，幾個正在踢足球的三年級男生邀請小匠加入，小匠一副深感遺憾的模樣拒絕了邀約。小結也在半路上遇見兩個結伴

前往補習班的同班同學。

「妳要去哪裡？」同學問道。「去買點東西。」小結答道，並揮手道別。

小結暗自慶幸祝姨婆一直安靜待在購物袋裡。然而，那也只是最初的一小段時間而已。很快地，祝姨婆便開始抱怨東、抱怨西。

「妳可不可以走穩一點？我一直被搖來晃去的，晃得都暈頭轉向了。」「妳剛剛故意搖晃袋子對不對？是想騷擾我還是怎樣？」「小結，該不會妳也變成蟾蜍了吧？不然怎麼會走路這樣跳來跳去的？」祝姨婆的抱怨連連……

「要不要換你背一下？」小結提議，但想也知道小匠不肯答應。

「我負責回程。」小匠一臉事不關己的表情快步走去。

在這般孤軍奮戰的狀況下，當小結看見街景中出現幼兒園的大門時，打從心底鬆了口氣。正確來說，小結不是先看到大門，而是看到櫻花樹。那棵壯碩的枝垂櫻長在幼兒園的大門旁，從初夏到夏季尾聲，從遠處就能看見長長的樹枝如綠色窗簾般隨風搖曳。雖然枝垂櫻的葉子如今已凋落一空，但還是可以看見樹枝如垂簾般垂向路邊。

就在小結和小匠抵達幼兒園大門前的那一刻，馬路兩旁的路燈正好一齊亮起。

小結和小匠在大門對向的路燈下，嚇一跳地互看一眼。籠罩城市的暮色似乎轉濃了些。

幼兒園已經關上大門。遊戲場開放到五點，想必是因為已經過了開放時間，才會大門深鎖。幼兒園的建築物內還亮著燈光，但遊戲場一片空蕩蕩，不見任何人影。

「怎麼辦？進不去耶。」

小結在小匠的耳邊這麼竊竊私語時，蟾蜍祝姨婆忽然從購物袋裡探出頭來。

「呼——總算到了啊。我來看看小萌說她鑽過的那個籬笆底下的隧道在哪裡？」

「在這裡面。」

小匠指向緊閉的幼兒園大門說道。

「幼兒園的院子和隔壁園長家中間有樹籬笆隔開，小萌說她是從樹籬笆最後面的地方鑽進去的，就是玩沙區後面的繡球花叢背後。」

小結接續小匠的話題說：

「可是，媽媽有說過耶，她說小萌說的有破洞的地方被護網遮住，根本沒有縫隙可以鑽。」

祝姨婆原本不停轉動頭頂上凸出的兩顆眼珠，大嘴巴一張一合地觀察著四周的動靜，這時突然跳出購物袋，朝向路面一躍而下。

祝姨婆在小結的腳邊說：「那又怎樣？直接闖進院子就好了。妳說幼兒園的隔壁是指這棟房子吧？」

祝姨婆的眼珠子一轉，看向沿著馬路邊延伸的幼兒園柵欄左手邊。左手邊的柵欄與磚牆相連，磚牆中間有一扇小門，但沒有掛出名牌。不過，很肯定地，磚牆背後就是園長家。

「我去看一下狀況。我進去這棟房子的院子裡繞一圈，看看有沒有可疑之處，也順便確認一下是不是真的沒有通往幼兒園的洞穴。」

說罷，蟾蜍祝姨婆沒讓小結和小匠有機會開口說話，就這麼在馬路上咚咚咚地往前跳去，最後鑽進磚牆中間的小門底下，消失不見。

「小心喔！」

小結好不容易擠出聲音，對著祝姨婆消失不見的小門方向搭腔說道，但沒有得到回應。

「會不會有事啊……」

小匠嘀咕道。

「畢竟祝姨婆有時候會亂搞一通……」

「不應該說有時候……應該是常常吧……」

小結注視著靜謐無聲的磚牆另一端，也忍不住擔心起來。

萬一不小心被住戶發現，不曉得會怎樣？萬一住戶看見那麼大一隻蟾蜍在庭院裡大搖大擺地爬來爬去，而試圖傷害蟾蜍……這麼一來，祝姨婆肯定會大吵大鬧，說一些像是「住手！混帳東西！」或是「你想幹嘛？白痴！」之類的話。萬一被看見蟾蜍竟然開口說話，肯定會掀起一場大騷動。到時園長家的門前就會看見警察、附近住戶，以及電視臺的攝影機蜂擁而至……想像那畫面後，小結不禁心情鬱悶起來。

天色愈來愈暗，不知不覺中，四周已是一片昏暗。

祝姨婆鑽進園長家的庭院後，到現在還沒有出來。

小結和小匠心急如焚，在磚牆前一會兒往右走，一會兒往左走，觀察著庭院裡的狀況。

很幸運地，路上沒有什麼行人。偶爾有行人走來時，小結和小匠兩人就會擺出正在散步的表情緩緩彎過園長家的轉角，來應付行人的目光。

這樣在磚牆外望啊望，小結發現園長家相當寬敞氣派。園長家再加上幼兒園的面積，占了一邊馬路的整個街區。說起來，沿路的家家戶戶每一棟住家的面積都十分寬敞。在小結一家人居住的城市裡，這附近地區屬於最早開發的住宅區。小結記得爸爸說過這個住宅區當中，還保有戰前建蓋的房子。所謂的戰前，指的是第二次世界大戰之前，意思就是擁有距離現在長達七十年以上的歷史。印象中，在更古老的明治時代和大正時代，這附近一帶據說是古老寺廟的土地。小結已經忘了是誰告訴過她這件事，但有可能是爸爸或是園長。

在幼兒園和園長家所占的街區轉角右轉後，會進入一條小路，而園長家的正門就在這條小路上。

小結和小匠來到名牌上寫著「溝口」的正門前，心裡焦急地想設法觀察門後狀況。這時，蟾蜍模樣的祝姨婆忽然從正門旁探出頭來。

「姨婆！」

看見祝姨婆從磚牆與正門之間的狹窄縫隙中，身體擠啊擠地來到馬路上，小結鬆口氣地開口說：

「太好了！幸好妳沒事！」

小匠也蹲下來，詢問祝姨婆說：

「結果怎樣？妳進去那麼久，是不是有什麼重大發現？」

祝姨婆露出不悅的眼神，狠狠瞪著小匠說：

「進去那麼久？竟敢說這種話！你要不要也變成蟾蜍去體驗看看？你知不知道在那——麼寬敞的院子裡跳來跳去地檢查每一個角落，是一件多麼辛苦費力的事情？真是的……我的腳都快斷了，身體也乾巴巴的……小結，快把我放進去有溼毛巾的袋子裡，再拖下去我就要變肉乾了。」

小結慌忙地打開掛在肩上的購物袋。小匠急忙用雙手抱起祝姨婆，輕輕放進購物袋底部的超市塑膠袋中。

接著，小匠低頭看著塑膠袋裡的祝姨婆，重複說出同樣的問題：

「姨婆，妳有沒有發現什麼？有什麼重大發現嗎？」

「呼——累死我了，總算有活過來的感覺。」

祝姨婆一邊用袋子底部的溼毛巾裹住身體，一邊嘀咕道，刻意讓小匠焦急等待答案。

「結果怎樣？池塘裡有什麼嗎？不會真的有龍吧？」

小匠接二連三地發問。

「池塘裡只有金魚和鯉魚而已。」

祝姨婆終於開口回答。

「然後，跟隔壁幼兒園之間的樹籬笆底部確實有護網。我從頭到

尾確認過一遍，那護網既沒有破洞，也沒有縫隙，扎實得連一隻小貓也鑽不過去。」

「果然真的是這樣。」

小匠有些失望地說道。

「意思就是什麼都沒有囉？沒有隧道、沒有龍，也沒有線索。」

「誰說沒有線索了？」

祝姨婆從袋子底部這麼說，小結和小匠訝異地互看了一眼。

「祝姨婆，妳該不會發現什麼了吧？」

小結探出頭往掛在肩上的購物袋裡看，同時這麼問道。
雖然袋子底烏漆墨黑，但小結感覺得到祝姨婆轉動眼珠看向她。
「是啊。」
祝姨婆只回答這麼一句，又刻意讓人焦急地陷入沉默。
小匠擠開探出頭往袋子裡看的小結，一副準備把自己的頭塞進袋子裡似的模樣詢問祝姨婆說：
「什麼？妳是不是發現了什麼？意思是有線索了？是不是發現什麼線索跟對小萌下詛咒的傢伙有關？」
祝姨婆從溼毛巾裡稍微抬高頭，裝模作樣地開口說：
「我鑽進池塘裡。」
這回換成小結激動地詢問袋子裡的祝姨婆說：
「妳在池塘裡發現什麼了嗎？」
袋子底部傳來祝姨婆的回答聲：「結果池塘裡什麼也沒有。那池塘的水其實很淺。因為池水太混濁，所以從外面會看不到池底，但實際鑽進去後，一下子就會撞到底部的水泥。池塘裡只住著兩隻大金魚和一隻鯉魚。就是一個很無趣的人工池塘。不過，我鑽進池塘裡之後，一直聽到不知道什麼聲音從比池底更深的地底深處傳來。」

「咦？」

小結驚訝地倒抽一口氣，並與小匠交換眼神。小結和小匠的腦海裡同時浮現相同一件事。

也就是小萌說過的一句話。

——喂！快出來！快爬上來！

小結清楚回想起小萌說過的這句話。神祕男生曾朝向池塘裡這麼呼喚。照小萌所說，男生不是在呼喚龍，而是呼喚在更深處沉睡中的東西。

「妳聽到什麼聲音？誰的聲音？」

小匠接二連三地詢問祝姨婆，袋子底部再次傳來回答聲：

「我不知道。那聲音聽起來不像在說話，甚至也不像聲音。不過，確實有聲音傳來。不知道有什麼在比池塘更深的地方嘁嘁喳喳、吵吵鬧鬧的。」

——喂！快出來！快爬上來！

小結腦海裡再次響起這句話。搞不好在男生的呼喚下，原本在地底深處沉睡中的未知存在已經甦醒過來，現在正準備往上爬出地面？

暮色逐漸加深，小結感到背後一陣發寒而縮起脖子。

「我還發現一件事。」

祝姨婆從袋子底部說道。

「很久以前，這附近一帶似乎有一座很大的水池或沼澤。」

「很大的水池或沼澤？」

小匠嘀咕道，並與小結再次互看一眼。

祝姨婆的發言再次吻合小萌說過的話。神祕男生似乎說過自己很久以前曾看過大水池裡住著一條龍。

小結按住心跳加速的胸口，詢問祝姨婆說：

「這附近一帶大概是哪一帶？為什麼姨婆會知道很久以前有很大的水池或沼澤？」

祝姨婆在袋子裡回答：

「這附近一帶就是指這附近的地區。那座水池或沼澤的面積之大，足以完全涵蓋住這戶住家、院子、隔壁的幼兒園，還有妳現在腳下的馬路。這裡的地底下似乎有一條水脈。很久以前，那條水脈的水會大量湧出地面，到了現在，水路都變了，那座水池也乾枯掉，所以被埋到很深的地底下。不過，還是逃不過我的眼睛。畢竟占卜的基礎就是要懂得推測地勢。只要好好用眼睛和鼻子去仔細探究，土地自然會告訴我們長達好幾百年的古老記憶。」

小結和小匠陷入沉默，兩人在腦中拚命地想要把祝姨婆發現的事實，以及小萌所說的遭遇拼湊在一起。

消失在地底下的古老水池。在地底下沉睡的未知存在。喚醒未知存在的呼喚話語。還有，青蛙嘴的詛咒……

小匠終於忍不住深深嘆口氣說：

「想了老半天，還是完全搞不懂究竟是什麼狀況……到底是誰對小萌下詛咒？原因又是什麼？」

祝姨婆在袋子底部笑出來，還傳來「咻——咻——」的聲響。祝姨婆的朦朧聲音傳來：

「對於小萌不知道被什麼男生下了青蛙嘴的詛咒這件事，你們兩個似乎都覺得極其不可思議。不過，不可思議的事情之所以發生，都有它會發生的原因。絕無例外。」

小結反問說：「像是什麼原因？」

祝姨婆泰然自若地回答：

「目前當然還不知道原因囉。不過呢，不管是消失的水池或沼澤，還是在這個地底下吵吵鬧鬧的不知道什麼東西，肯定都有所關聯。我是說跟這次的騷動有所關聯，至少我是這麼認為。」

小匠嘟起嘴巴，嘮嘮叨叨地說：

「說半天結果還不是什麼都不知道……」

就在這時——

「小匠……」

不誇張，小結和小匠都跳了起來。原因是不知被誰喊了名字後，小匠像彈開來似地抬起頭，結果一頭撞上小結的下巴。

小結痛得準備開口抱怨，但沒能說出口。小結看見一個女孩出現在小路旁的路燈下，看向這裡佇立不動。女孩似乎是小匠的朋友。

「安井同學……」

小匠驚嚇後喊了女孩的名字後，開口詢問：

「妳在做什麼？怎麼會在這裡？」

被稱呼為安井的女孩直直盯著小匠回答：

「因為我媽媽要上夜班，所以我今天要在奶奶家吃飯。我奶奶家就在那個轉角後面。」

「是喔……」小匠點頭這麼回應後，陷入沉默。

「小匠……」

這回換成安井開口詢問：

「我才想問你在這裡做什麼？那購物袋裡面是不是裝了什麼？你剛剛有說話吧？我是說對著袋子裡面說話。」

小結和小匠心頭一驚，互看彼此一眼。安井似乎看到小結兩人與祝姨婆說話的場面。

「寵……」

小匠一副焦急失措的模樣，邊咳嗽邊回答。

「寵物！袋子裡面裝了寵物！我們剛好出來散步……」

寵物？

小結不由得露出譴責的目光看向小匠。

「寵物？」

安井一副感到可疑的模樣問道。

「你不是說過你們家禁止養寵物嗎？」

看吧！誰叫你要說是寵物，現在難堪了吧！

小結在心中暗自責備小匠。

「就是……怎麼說呢……雖說是寵物，但……」

「雖說是寵物，但不是小狗或貓咪喔！」

小匠連話都說不清楚，小結在一旁放大嗓門答道。為什麼小結要這麼做呢？答案很簡單，因為這時祝姨婆在袋子底部開始發起牢騷。

「誰是寵物？我可不是你們的寵物，太沒禮貌了吧！」

為了蓋過祝姨婆的嘀咕聲音，小結拚命扯著嗓門繼續說：

「因為我們家的公寓不准人家養小狗或貓咪！」

小結的努力似乎沒有白費，祝姨婆的聲音沒有傳進安井的耳裡。

不過，安井提出下一個問題：

「那不然呢？是什麼寵物？」

小結不知所措地與小匠互看時，祝姨婆在她肩上的袋子裡用力掙扎起來。看來祝姨婆是真的很不開心被人說成寵物。

小結以譴責的眼神瞪著小匠。

看見有東西在購物袋裡動來動去，還明顯傳來沙沙作響的摩擦聲，安井興致勃勃地注視著購物袋。

「你的寵物很好動呢！裡面到底是什麼寵物？」

小結很努力地想要從袋子外面壓住掙扎個不停的蟾蜍。

「寵物呢……就是……」

小匠很努力地想要閃避安井的追問。

「就是呢……呃……就是倉鼠！」就在小匠如此宣告的那一刻——在袋子裡用力掙扎的祝姨婆終於成功攀上購物袋的袋口，從袋子裡探出頭來。

看見一隻大蟾蜍突然出現，小結、小匠和安井三人都僵住身子注視著蟾蜍的臉。

為了掩飾前言，小匠無力地補上一句說：

「……通常會猜倉鼠，對吧？不過……事實上是一隻蟾蜍……」

安井在小結兩人面前，開始慢動作地往後退。

「那是寵物嗎？小匠，你們家有養蟾蜍喔？所以現在是帶蟾蜍出來散步？」

安井問道。路燈的光線籠罩下，安井的臉色顯得蒼白。

「誰是寵物了？」

為了蓋過祝姨婆顯得不悅的嘀咕聲，小結不得不再次放大嗓門說：「說到當初是誰說要養蟾蜍，就是小匠你！還不是因為小匠把蟾蜍撿回家，然後吵著一定要養，搞得我們家每個人都很頭痛！養蟾蜍當寵物真是太扯了！」

「咦？我？」

小匠眼神充滿怨氣地看著小結，但小結一臉事不關己。小結想：**沒辦法，誰叫小匠自己要扯謊，當然要讓他負起責任。**

「……好怪喔……」

安井在稍微拉開距離的路燈底下，看向這裡嘀咕道。

「竟然會養蟾蜍當寵物，好怪喔……」

安井丟下這句話後，便轉身不知往何處跑去。安井肯定為了避開蟾蜍，決定繞遠路去奶奶家。

「唉……」

小匠長嘆一聲。

「倒楣透頂，我完全被當成怪咖了。看安井同學那樣，她肯定打算明天到學校後要把這件事說給全班同學聽。女生最愛說東說西。」

「你才是愛說東說西吧。」小結反駁道。

「還不是因為你亂說話，才會變成這樣。」

「哼！你們無不無聊啊？」

祝姨婆剛才還在袋子裡掙扎，這時掛在袋口上打了個大呵欠。

「我累了。我想要趕快回家泡在洗衣盆裡休息一下。不知道今天晚餐吃什麼喔？」

看著祝姨婆扭動身軀慢慢鑽進袋子底部的毛巾底下，小結和小匠忍不住輕輕嘆口氣。

小結輕輕卸下掛在肩上的笨重購物袋，遞給小匠說：

「給你！我們說好回程換你背，不是嗎？」

小匠接下購物袋再次深深嘆息。

5 青蛙追悼會

返回公寓的沿路上，別說是睡覺了，祝姨婆全程抱怨個不停。

「姊姊，我們還是來猜拳比輸贏，輪流背袋子啦！」

「辦不到！」

小結當場駁回小匠的提議。

好不容易抵達家裡的玄關時，小結和小匠早已疲憊不堪。

「我們回來了！」

小結邊說邊打開玄關門往屋內看，發現原本在玄關地墊上硬撐的

蟾蜍爺爺已不見身影，取而代之地，爸爸的鞋子出現在玄關的角落。

「啊……爸爸已經回來了。」

看見排得整整齊齊的黑色皮鞋後，小匠說道。這時，爸爸正好打開客廳和走廊之間的門，露出臉來。

「喲！你們回來了啊。爸爸也剛到家不久，現在正在幫鬼丸爺爺打造舒適的洗衣盆環境。你們調查得如何？有沒有什麼收穫？」

「嗯……」

小結和小匠互看一眼，不知道該怎麼回答才好。

小結打算開口說話時，購物袋裡的祝姨婆用力掙扎起來。小匠急忙卸下購物袋放上地板後，蟾蜍姨婆沙沙作響地撥開超市塑膠袋，走到走廊上。

「唉……真是把我累壞了。說到這兩個孩子，實在一點都不貼心。他們根本完全不懂設身處地的道理，也不想想被人塞進袋子裡搬來搬去有多難受。我被甩來甩去，加上晃來晃去，整個人筋疲力盡到不行。」

小結和小匠不由得沉默不語地互看一眼。

什麼一點都不貼心……我們明明那麼小心翼翼地背袋子。小結以眼神這麼向小匠訴說。

我們才筋疲力盡好不好！小匠的眼神訴說出這般心情。

爸爸從眼神中看出小結兩人有話想說，但拍了拍小結和小匠的肩膀表示安撫後，向祝姨婆搭腔說：

「真是辛苦您了。您的池水已經幫您換過水了，請泡在池裡好好休息吧！」

目送祝姨婆咚咚咚地往客廳跳去後，小結悄悄低聲告訴爸爸說：

「慘到不行，姨婆從頭到尾一直在抱怨。」

「我更慘，到最後我是連同購物袋抱著姨婆回來。」

小匠也向爸爸打小報告。

爸爸回頭確認蟾蜍消失在客廳裡後，把聲音壓得比小結更低地輕聲說：

「總之，現在要盡快解開爺爺和姨婆被下的詛咒，讓他們快點回山上去。如果他們再這樣繼續待在家裡……不對，爸爸的意思是如果再這樣一直沒有解開詛咒，就糟糕了。結果怎樣？有沒有發現什麼？」

小結回答爸爸說：

「就是呢，發現很多地方與小萌說的內容吻合，把我們嚇一跳。照姨婆所說，在比園長家院子裡的池塘更深的地底下，會有聲音傳來。小萌說過帶她去園長家的神祕男生，呼喚過在比池底更深的地方睡覺的不知道什麼東西。聽說神祕男生對著池塘喊：『喂！快出來！快爬上來！』」

「是喔。」爸爸這麼回應後，沉思起來。

小匠對著沉思中的爸爸，補充報告：

「還有啊，爸爸，祝姨婆說園長家和幼兒園那附近一帶，很久以前是一大片水池或沼澤。現在那一大片水池或沼澤已經乾枯掉，被埋到地底下，這點也跟小萌說的那男生說過的話一致。那男生說過很久很久以前，看過大水池裡住著一條龍。」

「這樣啊……」

爸爸表情嚴肅地點點頭。

「這部分有必要更進一步調查看看。我們晚點再上網查查看好了。只要能夠查出幼兒園周邊地帶的歷史，說不定可以找到什麼跟消失的水池有關的線索。」

「女婿啊！」

客廳傳來鬼丸爺爺的怒吼聲。

「你不是要幫我加水嗎？我只是想要在池裡多加一點點水而已，到底要等到什麼時候，你才可以幫我實現這麼點小小的願望？」

爸爸把沒能脫口而出的嘆息吞回肚子裡，回應一聲：「來了！」

「爸爸，我馬上過去，請再稍候一下。」

看見爸爸慌慌張張跑去浴室裝水，小匠代替爸爸嘆口氣。

這回換成祝姨婆的聲音從客廳傳來：

「今天晚餐吃什麼？我肚子快餓扁了！」

「晚餐有炸竹莢魚、胡麻醬涼拌菠菜，還有白蘿蔔味噌湯喔！」

媽媽答道。祝姨婆用著尖銳刺耳的聲音說：

「可不可以快一點！我肚子快餓扁，等不下去了！好餓喔！好餓喔！餓死了！」

小結低聲對著小匠說：

「要趕快解開詛咒才行……如果爺爺和姨婆一直待在我們家，大家一定會壓力大到爆炸。」

晚餐時間也是鬧得天翻地覆。鬼丸爺爺和祝姨婆與小結一家人一起聚在餐桌前，但鬼丸爺爺他們當然不可能坐在椅子上。畢竟如果坐在椅子上，嘴巴就無法湊近餐桌上的料理。於是，爺爺和姨婆分別坐鎮在餐桌的左右邊緣，大口吃著送到他們眼前的食物。也就是說，小結一家人圍著餐桌吃晚餐時，桌上坐著兩隻巨大蟾蜍。不僅如此，這對蟾蜍的食慾好得不得了。

變成蟾蜍的爺爺和姨婆根本不用手吃東西。他們直接用嘴巴大口大口吃下炸竹筴魚，噴得附近桌面滿是食物碎渣，他們甚至直接把頭栽進碗裡，豪飲味噌湯。

「好燙！這樣太燙了吧！」

鬼丸爺爺從味噌湯裡抬起頭說道。

「等放涼一點再喝不就好了？」

味噌湯從爺爺的下巴滴落下來，媽媽瞪著爺爺說道。

「啊！」

坐在祝姨婆旁邊吃飯的小匠突然大叫一聲。

「姨婆！妳不要偷吃我的炸魚！」

祝姨婆一邊發出酥脆的聲響咀嚼嘴裡的竹筴魚，一邊把話含在嘴裡說：「你在說什麼？我又沒有吃你的魚。」

「妳騙人！」

小匠忿忿不平地說道。

「我明明就看到妳伸出長舌頭從我的盤子上偷走炸魚，然後整個放進嘴巴裡！」

「哇！」這回換成爸爸大叫一聲。

「爸爸，為什麼連您也吃了我的竹筴魚？您自己的盤上明明還有剩……」

「我沒辦法好好瞄準舌頭彈出去的方向。畢竟我當蟾蜍還當不久。」

媽媽覺得爺爺是在找藉口，她目光犀利地注視鬼丸爺爺和祝姨婆，發出警告：

「爸爸、阿姨，你們兩個要是吃飯太不守規矩，就會請你們不要跟大家一起在餐桌上吃飯。如果你們不想在洗衣盆裡吃飯，就請馬上停止偷吃別人食物的行為。」

「就跟妳說我不是故意

的啊？真是受不了，妳這愛嘮叨的個性跟妳媽一模一樣……」

鬼丸爺爺邊發牢騷，邊大口大口地吃自己的那一份炸竹筴魚。

「小萌……妳在做什麼？」

小結看向坐在對面的妹妹後，嚇得瞪大眼睛。小萌正在奮力模仿爺爺和姨婆，試圖不用手而直接用嘴巴咬炸竹筴魚。

「我也會耶！你們看！我這樣也很像蟾蜍對不對？」

「小萌，不要學蟾蜍的動作！好好用手拿筷子吃飯。」

媽媽罕見地以尖銳的聲音說道。

「哼！要學蟾蜍也要學像一點。妳看，這動作妳就不會了吧？」

祝姨婆刻意說出慫恿小萌的話語後，動作靈活地伸出長舌頭，從小匠的盤子上奪走最後一塊炸竹筴魚。

「啊——媽媽！媽媽！妳有看到吧？祝姨婆把我的最後一塊炸竹筴魚吃掉了！」

「阿姨，我剛剛說過了吧？請停止偷吃別人的食物。」

媽媽生氣地說道，坐在媽媽對面的爸爸開口說：

「小匠，來，爸爸分你一塊，不要那樣瞪姨婆。小萌，快把舌頭縮回去。妳再怎麼努力，舌頭也不可能像蟾蜍那樣伸得長長的。」

爸爸把炸竹筴魚分一塊給小匠後，媽媽從自己那一份炸竹筴魚夾了一塊到爸爸的盤子上。祝姨婆見狀，吵著說：

「也分一塊給我嘛！我今天被裝在袋子裡搖來搖去，千里迢迢地出遠門去調查，都快累死了。我理所當然可以吃得比大家多。」

「不可以。」

媽媽斬釘截鐵地搖頭說道。

「阿姨，加上從小匠盤子上夾走的那一塊，妳已經吃夠多了。不管妳說什麼，我都不會再多分給妳。」

「不夠！我還吃不夠！我還想再吃一塊！」

小結受不了這場面，忍不住開口對祝姨婆說：

「姨婆，不然妳吃胡麻醬涼拌菠菜好不好？我的分妳吃。因為我已經把炸竹筴魚吃光了……」

「不行。」

媽媽也對著小結斬釘截鐵地搖頭說道。

「不要再分來分去了。大家好好吃自己盤子上的料理。絕對不可以再吃別人盤子上的料理。」

「哼！什麼嘛，小氣鬼！」

祝姨婆發牢騷地說道。

小結不經意轉頭一看，發現蟾蜍鬼丸爺爺攤著就快撐破的肚皮，在餐桌角落打起瞌睡來。幸好爸爸急忙挪開爺爺面前的湯碗，否則爺爺險些就要一頭栽進味噌湯裡。

唉……

小結在心中暗自嘆息，擔心著萬一以後每天都要過這樣的日子該怎麼辦？

不管怎樣，一定要想辦法解開青蛙嘴的詛咒才行……

吃完晚餐後，鬼丸爺爺和祝姨婆總算鑽進洗衣盆的溼毛巾底下，安靜地待著。小結、小匠和媽媽一起來到爸爸的書房，聚集在電腦前。這麼做是為了搜尋與消失的水池有關的線索。至於小萌，她已經在被窩裡呼呼大睡。此刻，家裡一片安靜。

「首先，來查查看市史好了。」

「市史是什麼？」

小匠詢問爸爸說道。

「市史就是城市的歷史。市政府的官網應該可以找到鄉土史的網頁連結。」

爸爸回答後，在電腦畫面上點開想要搜尋的網站。

「我來輸入幼兒園地址所屬的地區名稱看看。畢竟那一帶地區的歷史相當悠久，應該可以在市史裡找到一些紀錄才對。」

如爸爸所說，幼兒園所在的百樂莊地區，早在室町時代[2]已是繁榮發展的莊園。市史上也寫出地區名稱之所以保有「莊」這個字，正是因為曾經是一座莊園。進入明治時代後，已經有許多百姓居住在百樂莊，市內的第一所小學也是從百樂莊的玉泉寺本殿起步。

「玉泉寺是我念幼兒園的時候，

經常跑去撿橡實的那間寺廟，對不對？」

小結注視著電腦畫面上的資訊問道。「你們看……」媽媽指著電腦畫面角落的照片說道。

「你們看這張照片。上面有寫『玉泉寺的青蛙追悼會』。」

「青蛙？」

小匠探出身子問道，爸爸隨即點開玉泉寺的官網。

「我來看看……天台宗・玉泉寺原本建蓋於一座名為龍神池的水池旁，因此自古也被稱為御池寺。該寺廟最後方的龍王殿，至今仍供奉著被人們視為水池守護神的龍神。」

爸爸念出記載於官網首頁的寺廟說明內容後，探頭盯著電腦畫面看的每個人紛紛發出「是喔」、「真的喔」的附和聲。

2 室町時代，日本史中世時代的一個劃分，名稱源自於幕府設在京都的室町，期間從1336年至1573年。和後來以天皇年號命名時代的方式不同。

「有龍神池，又有龍王殿，感覺跟神祕男生說的超有關係！」

小匠興奮地說道。

「還有青蛙追悼會也是。」

小結補上這一句時，爸爸點開玉泉寺的「年度例行活動」畫面。

「啊！找到了！這個！」

大家探出頭盯著點開的新畫面看。畫面上除了描述每年會在四月第一個星期天舉辦的祭典狀況與內容之外，也有針對祭典由來的簡單說明。

說明祭典由來的內容如下：

享保元年（一七一六年），據說百樂莊一帶屢遭豪雨襲擊，導致農田被沖走、河川氾濫，村民們束手無策。嘗試各種占卜後，得知是龍神池的主人引起大雨落下，於是村民們經過討論後，決定以村裡的女孩作爲活祭品獻給龍神池的主人。然而，被選爲活祭品的女孩準備沉入池裡時，不知從何處冒出一大群蛙，代替女孩沉入池裡。

根據女孩的說法，女孩以前曾經在田間小路救過險些被蛇吞下肚的蛙。女孩認爲一定是那時的蛙不忘恩情，所以與同伴們一起救了女孩。

蛙們的舉動讓村民們感動不已，在那之後，每到春天插秧的季節，村民們就會在玉泉寺每年舉辦青蛙追悼會。

小匠率先開口說：「一七一六年啊……那已經是很久很久很久以前的事情了。」

小結詢問爸爸說：

「享保是什麼時代？」

「差不多在江戶時代[3]的中期吧。」爸爸答道。

「就是第八代將軍德川吉宗統治的時期。」

媽媽不知道在思考什麼的模樣，一邊盯著畫面看，一邊說道。

「假設在一七一六年受到豪雨襲擊後，從隔年的四月就開始舉辦青蛙追悼會的話……」

媽媽說到一半時，停頓了一會兒才繼續說：

「如果是這樣的話，算一算明年正好滿三百年。青蛙追悼會已經舉辦了快三百年……這會是巧合嗎？」

爸爸挪動滑鼠，上下滑動網頁。

「真的耶，這上面有寫。明年好像要舉辦青蛙追悼會的三百年祭。」

小匠順著媽媽的疑問嘀咕說：

「意思就是……在青蛙追悼會舉辦了快三百年的時候，有人對小萌下了青蛙嘴的詛咒……」

小結的腦海裡浮現祝姨婆說過的話。

——不可思議的事情之所以發生，都有它會發生的原因。

肯定不是巧合……

小結心裡這麼想，但沒有說出口。

——喂！快出來！快爬上來！

小結的腦海裡再次響起這句話。

為了回應某人的呼喚，隱藏的祕密正一點一點地慢慢揭開面紗。

3 江戶時代，又稱德川時代，是指日本歷史中在江戶幕府統治下的時期，期間從1603年至1867年。

星期五

鬼丸爺爺和祝姨婆變成蟾蜍後，迎接了第二個早晨。

「大家在山上那邊差不多開始在擔心爺爺你們跑哪裡去了吧。」

媽媽這麼說道，但不論是鬼丸爺爺，還是祝姨婆，都頑固地拒絕與齋奶奶聯絡。

這天，小萌仍然戴上大大的口罩去幼兒園上學。媽媽說送小萌去到幼兒園後，她打算繞到玉泉寺去調查看看能不能找到更多線索。

爸爸一早便開始忙著幫爺爺和姨婆清理洗衣盆。爸爸在刷洗得亮

晶晶的洗衣盆裡倒入乾淨的水後，鬼丸爺爺和祝姨婆這兩隻蟾蜍都乖乖回到自己的洗衣盆，鑽進溼毛巾底下打起盹來。兩人肯定是盡興吃了切成細條狀再泡過牛奶的吐司以及火腿蛋，而感到心滿意足。為了避免吵醒爺爺和姨婆，小結和小匠靜悄悄地出門去上學。

這天，小結上第三堂的閱讀課時，忽然興起念頭決定再多調查一下城市歷史。小結一心想著能不能找到什麼線索，可以把目前信田家所發生的狀況與三百年前串在一起。

「請問有什麼跟校區或地區的歷史有關的書籍嗎？」小結這麼詢問後，圖書館員的老師從書庫裡取出一本書遞給小結。那是一本幾年前為了紀念實施地方制度滿五十周年，而由市政府所發行的小冊子。

如小冊子的標題《古今故鄉》所示，書中以年表方式，彙整出小結一家人所居住的城市發展過程。

照年表的內容看來，這附近一帶似乎打從彌生時代，就有人們居住。書中寫出在城市東部，挖掘到彌生時代[4]的陶器以及房屋遺址。

另外，據說在距離現今超過一千年以前的平安時代[5]，人們會從位在這個地區的大水池引水灌溉，因此附近一帶曾有遼闊的農田。

一千年以前的大水池……男生說曾經有龍住過的水池就是這個大水池嗎？可是，他怎麼會知道那麼久以前的水池？到底是怎麼回事？

小結一邊思考從小萌口中聽來的男生言行舉止，一邊閱讀年表。

年表上的江戶時代相關記載中，確實寫出玉泉寺官網上提到的那場豪雨。

年表上寫著「享保元年（一七一六年）的密集豪雨導致百樂莊一帶地區災情慘重」的內容。

哇……造成好幾十人死亡啊……我記得照玉泉寺流傳下來的說法，當初是水池主人引起這場豪雨災難的發生。

小結東想西想地閱讀完年表後，翻閱起其他頁面。翻到記載著地方傳統活動及祭典的書頁時，也出現了玉泉寺的青蛙追悼會照片。照片中，身穿黑色袈裟的和尚們拿著彎刀劈砍長條狀的青竹。這個舉動是將青竹比擬為引來風雨的水池主人，並以彎刀劈砍來表示驅趕。

另外還有介紹城市目前的特產以及商業活動的書頁，上面出現像是把貓咪和雛鳥混為一體、看來眼熟的某地方吉祥物。

小結打算闔起小冊子時，發現最後面出現特別收錄的傳說特輯頁面。在與這一帶地區有關的古老傳說中，有個傳說標題為「龍神池的大蛇」，小結驚訝地瞪大眼睛。

龍神池的大蛇？不是龍，而是跟大蛇有關的傳說？

小結不由得認真閱讀起大蛇傳說的內容。傳說內容如下：

---

4 彌生時代，是農耕文化在日本列島紮根的時代，期間約從西元前300年左右至西元前250年左右。

5 平安時代，是日本古代的最後一個歷史時代，期間從794年至1192年。

很久很久以前，百樂莊有一座名爲「薹草池」的大水池。因爲水池邊長了許多可以用來製作蓑衣、斗笠的薹草，所以被取名爲薹草池。不過，村民們都深信這座大水池裡住著龍神。不知何時，村民們開始以龍神池來稱呼薹草池，其原因據說是因爲村民們在池畔上建蓋一座供奉龍神的祠堂。然而，隨著時光流逝、時代變遷，原本充沛的池水漸漸乾涸，龍神的祠堂也腐朽不堪。龍神池的美景不再，化爲荒蕪之地。

後來，一條大蛇占據乾涸的龍神池爲棲息地，擾亂起村民們的生活。大蛇會變身成人類的模樣欺騙村民，有時也會喚來烏雲導致農田遭受豪雨的猛烈襲擊。

村民們再也禁不起任何打擊，焦急討論有沒有什麼方法可以打敗大蛇時，一隻蟾蜍從田間小路的草叢中跳出來，並唱起奇妙的歌曲。

龍神池的大蛇最害怕什麼？

不是槍，也不是鐮刀，大蛇最害怕針。

劈里、劈里，呱呱呱！

聽到這首歌後，村民們得知大蛇的弱點在於針，於是收集全村裡所有的針投進龍神池，最後成功擊敗大蛇。

「咦？住在池裡的不是龍，而是一條大蛇？大蛇是壞蛋？」

小結不由得這麼低聲脫口而出。

根據玉泉寺官網上的資訊，當初是龍神池的主人引來豪雨。看到這個資訊時，小結幾人一直認為所謂的主人是指龍，但現在閱讀到的傳說故事中，卻寫著當初是大蛇住在乾涸的龍神池，並且招來豪雨。

「這裡寫的傳說故事也沒有出現女孩被當成活祭品的情節……青蛙倒是有出現……」

小結自言自語地說道。坐在隔壁座位的小茜，從攤開的書本上抬起頭說：「小結，妳在碎碎念什麼？」

「咦？喔，抱歉，沒事啦，我正在看這上面寫的傳說故事。小茜，妳知不知道玉泉寺會舉辦青蛙追悼會？」

「知道啊。」

出乎預料地，小茜乾脆地點頭回答。

「咦？妳知道？」

「嗯。不過，我最近都沒有參加。只有小時候爺爺帶我去參加過而已。我在相片簿裡看過那時候的照片。說是說小時候，但我那時候其實還是個小嬰兒。妳怎麼會突然問這個？」

小茜像在說悄悄話似地低聲問道。小結慌張地尋找話語後，壓低聲音回答：

「呃……昨天我爸爸說了關於青蛙追悼會的由來。我爸爸說龍神池的主人引來豪雨和水災讓村民很頭痛，為了讓龍神池的主人不要再這麼做，村民們決定把村裡的女孩當成活祭品獻給主人。可是，青蛙在這時候出現，並且代替女孩犧牲自己。據說那青蛙以前差一點被蛇咬，結果女孩救了牠，所以才會跑來報恩。我爸爸說的由來跟這本小冊子寫的龍神池的傳說故事有些相似，又有些不同，所以我才會問妳這個問題。」

「傳說故事不是都這樣嗎？」

小茜又回答得相當乾脆，讓小結感到十分驚訝。

「咦？都這樣是什麼意思？」

小結反問後，小茜說明：

「我聽我媽媽說的。我媽媽說到處各地都留有很多內容相似的傳說故事。意思就是，有很多故事雖然內容相似，但多少有些不一樣。聽說這些傳說沒有什麼正不正確，只是有時候會因為流傳的地區或時代不同，而被改編內容。」

「是喔……」

小結愈聽愈覺得訝異，瞪大眼睛看著小茜說：

「為什麼妳媽媽會對傳說故事那麼有研究？」

「妳知道的啊，我媽媽是說故

事的志工媽媽。她以前不是也來過學校說故事嗎？好像是因為這樣才會對傳說故事或繪本之類的事情很有研究。」

小茜露出有點得意的表情微笑說道。

「原來如此……小茜的媽媽好厲害喔。」

小結打從心底感到佩服地說，再次把視線挪回桌上的小冊子。

說得也是……

小結在心中默默思考起來。距今長達三百年前所發生的事，當然不可能正確流傳到現在。不論玉泉寺官網上所記載的故事也好，這本小冊子裡的故事也好，根本無從得知哪些內容正確、哪些內容錯誤。到頭來，就算再努力調查，想必也查不出三百年前究竟發生什麼事。即使這次的詛咒當真與三百年前的往事有關，也無法輕易找出可證明兩者有關的線索。

這麼思考後，無力感頓時湧上小結的心頭，於是闔上小冊子。

下課鐘聲響起。

這天，小結也是奔跑回家。半路上，小結遇見小匠與幾個朋友成群走在一起。她跑超越小匠時，小結在一群人當中看見眼熟的女生面孔，腦中瞬間浮現問號而停下腳步。

小結想起對方是昨天在園長家門前遇見的女生，印象中女生的名字似乎叫安井。小結與小匠四目相交後，儘管看見小匠流露出有話想說的眼神，小結還是就這麼繼續往前跑去。

真是的，小匠過得倒是挺逍遙的嘛！小結憤怒不已。家裡因為青蛙嘴的詛咒陷入莫大的危機，小匠還跟朋友們一邊開心聊天，一邊悠悠哉哉地走回家。小匠也不會想想萬一在他與小結出門上學的這段時間突然發生更嚴重的事，那該怎麼辦？**好比說……呃……好比說……**

小結思考有可能發生什麼更嚴重的事件，卻想不出來。也就是說，小結想不出有什麼會比現在更糟。因為被小萌親吻，爺爺和姨婆一個接著一個變成蟾蜍，還能發生什麼比現狀更加淒慘的狀況嗎？

儘管如此，小結還是急急忙忙奔回公寓，衝進電梯上樓。小結猛力拉開家門說：

「我回來了！」

「回來了啊！」

媽媽和鬼丸爺爺的聲音傳來。

「姊姊妳回來了啊！」

小萌戴著口罩，把頭探出走廊說道。照這樣子看來，家裡似乎沒有發生任何異狀。小結鬆了口氣地詢問小萌說：

「祝姨婆呢？」

「祝姨婆在練習吃蒼蠅。」

聽到小萌的回答後，小結脫鞋子脫到一半僵住不動。

「咦？姨婆終於忍不住連蒼蠅也抓來吃了啊？」

「不是吃蒼蠅，是練習吃蒼蠅。」

小萌說的話讓人聽得一頭霧水。

小結走進客廳一看，發現地毯上散落一地五顏六色的巧克力球，而祝姨婆正在訓練如何用舌頭一顆一顆地舔起巧克力球。

「動作再快一點！更精準一點！」

不知道有什麼好激動的，祝姨婆一邊這麼提振自己的士氣，一邊動作靈活地吐出舌頭，以迅雷不及掩耳的速度一顆一顆地把巧克力球送進嘴裡。

至於鬼丸爺爺在做什麼呢？鬼丸爺爺懶散地翻出肚子，呈大字型平躺在洗衣盆裡。

「媽媽，玉泉寺結果怎樣？」

媽媽準備開口回答小結時，玄關門被猛力打開，又隨即關上。

「大事不妙了！」

小匠大吼大叫地衝進屋內。剛才小匠明明還在路上悠哉地走著，沒想到這麼快就回到家。小結訝異地看向站在客廳入口處的弟弟。

小匠的神情顯得十分緊張。他一副像是遭人追趕的模樣不時回頭瞥看玄關的方向，一臉泫然欲泣地大喊：

「大家快到了！有六個朋友要來我們家！」

「咦？你邀請朋友來我們家？」

小結瞪著小匠，以譴責的口吻問道。

「為什麼要邀請朋友來？你有沒有搞清楚狀況啊？爺爺和祝姨婆在我們家耶！而且，他們還都變成蟾蜍！」

「大家要來看蟾蜍！」

小匠大喊道。

「大家說想要來看我的寵物！安井同學在學校跟大家說的！說我養蟾蜍當寵物！」

「什麼？這樣就特地要來看蟾蜍？蟾蜍有什麼好看的？為什麼你的朋友會想看？而且還六個人！」

「還不是因為……」

小匠真的就快哭出來了。

「因為安井同學在學校說：『小匠家的寵物是蟾蜍耶！』結果害我被大家取笑，我忍不住就說了。」

「忍不住就說了？」

小結反問後，與媽媽互看一眼。小結的心頭湧上一股極度不祥的預感。

「你說了什麼？」

媽媽壓低聲音詢問小匠。

小匠坐立難安，模樣扭扭捏捏的，遲遲沒有開口回答。

「小匠，快告訴媽媽你說了什麼？」

媽媽再次催促後，小匠總算擠出就快聽不見的微弱聲音，開口說：「我說不是普通蟾蜍……我忍不住就說我們家的蟾蜍會表演各種才藝。」

「你說什麼！」

小結大喊道。

媽媽爲了再次確認，詢問小匠說：

「所以大家就說要來看蟾蜍表演才藝，對嗎？」

「對。」

小匠沮喪地點頭答道。

「那怎麼行！當然要拒絕啊！你應該跟朋友說今天不太方便，或是說蟾蜍不太舒服之類的吧！」

小結話一說完，玄關立即傳來門鈴聲。

叮咚！

媽媽、小匠和小結倒抽一口氣，注視著玄關門的方向。

「來了——」小萌這麼回應一聲，並準備前往玄關時，小結急忙抓住小萌的手臂加以制止。

「不行！不可以開門！」

小結壓低聲音說道。小萌一臉納悶的表情抬頭仰望小結。

「沒辦法了。」

媽媽說道。

「既然人都來了，就讓他們進來看蟾蜍表演一、兩項才藝，然後請他們回家去。一切速戰速決。沒問題吧？爸爸、阿姨，你們願意配合吧？」

「我們要做什麼？」

鬼丸爺爺問道。

「我才不要。」

祝姨婆說道。

「小結，妳把祝姨婆放進洗衣盆，然後帶去浴室裡！」

「知、知道了！」

小結急急忙忙抱起祝姨婆塞進洗衣盆裡，然後捧著洗衣盆往浴室跑去。

「姨婆，妳不用配合沒關係，但拜託在這裡安靜地待著喔。」

說罷，小結牢牢關上浴室門。

在那同時，門鈴聲再度響起。

叮咚！

「大家準備好了嗎？」

媽媽一邊到處撿散落一地的巧克力球，一邊說道。

「爸爸，萬事拜託了喔！不用我提醒，你應該也知道絕對不能開口說話。萬一被發現有蟾蜍會說話，那可是會鬧得一發不可收拾。還有……」

叮咚！

門鈴聲彷彿在催促似地三度響起。

媽媽終於朝向小結點頭說：

「小結……妳去開門。」

小結用力深呼吸一口後，往玄關走去。小結抓住門把，把門往外一推——

「妳好……請問小匠在家嗎？」

安井站在六個同班同學的最前面，一臉天真無邪的表情抬頭看向小結問道。

「啊……妳好，小匠在家喔。請進……」

除了安井之外，還有另一個女生，其餘四人都是男生。小匠的同班同學們接二連三地從玄關走進屋內，興致勃勃地等著欣賞蟾蜍表演才藝。

……原來比現狀更加淒慘的狀況，是指像現在這樣的狀況啊……

小結的心中感觸良多。爺爺因為被小萌親吻而變成蟾蜍，現在小匠的同班同學們跑來觀賞，有誰能料到會有這樣的一天……

「歡迎剛臨。」

小萌隔著口罩含糊說道，看得出來突然出現一大群孩子讓小萌受到驚嚇。

「智樹、小淳、小潤……裕也，大家好啊！」

媽媽記得六人當中所有男生的名字。這幾個男生經常來家裡玩，所以小結也認得他們的長相。一群孩子也紛紛低頭打招呼。

「兩個女同學叫什麼名字呢？」

媽媽詢問後，兩個女生有些難為情地回答：

「我叫安井圓香。」

「我叫林睦美。」

「哇！」

男生組率先走進客廳，其中一人興奮地大叫一聲。

「你們看！在那裡！好酷喔！超大隻的！泡在洗衣盆裡面耶！」

「好酷喔！」男生們異口同聲地說道，安井從一群男生背後探出頭看向洗衣盆，笑著皺起眉頭說：

「媽呀，太大隻了吧，好噁心……」

「這隻蟾蜍真的會表演才藝嗎？」

睦美瞇起眼睛，露出懷疑的目光問道。

「當然是真的……」

小匠顯得沒自信地輕聲說道。

「牠會什麼才藝？」

高個子男生一邊把鼻樑上的眼鏡往上推，一邊問道。如果小結沒記錯，高個子男生應該是裕也。

小匠顯得不知所措。

「呃……會什麼才藝啊……握手之類的……」

「什麼！牠會握手？牠是蟾蜍耶？」

印象中名叫裕也的男生驚叫後，一群孩子滿心期待地嘰嘰喳喳說起話來。

「快點！你快跟牠握手給我們看看！」

小匠戰戰兢兢地走到洗衣盆前方。

不妙！爺爺知道寵物怎麼握手嗎？不知道爺爺會不會配合……

小結焦慮不安地看著洗衣盆裡的蟾蜍爺爺。

「麻煩你了。」

小匠對著洗衣盆裡的蟾蜍彬彬有禮地低頭說道。

一群孩子露出疑惑的表情互看彼此。

唉……小匠……你對寵物蟾蜍太低姿態了啦……哪有人會對寵物說麻煩你了？

小結內心浮現這般想法，但當然沒有說出口。

小匠再次朝向蟾蜍深深一鞠躬後，神情緊張地在洗衣盆前面蹲了下來。

「開始囉！」小匠的這句話不知道是在對朋友說，還是對爺爺發出信號？

「呃……請握手。」

說罷，小匠掌心朝上地伸出右手。客廳裡的所有人都屏氣凝神地望著小匠的掌心，以及洗衣盆裡蟾蜍的動靜。

好一會兒時間，蟾蜍……鬼丸爺爺一動也不動。

小結的心跳加速，雙手用力緊握拳頭。

爺爺會不會不知道寵物怎麼握手？還是因為被小匠要求握手，所以生氣了？

前來觀賞的孩子們之間也開始瀰漫著一股微妙的氣氛，感覺很想開口說：「什麼嘛，蟾蜍根本不肯握手啊！」

不過，就在這時——

蟾蜍爺爺動作緩慢地抬高一隻前腳。

啪！

爺爺把前腳搭在小匠的掌心上。

「哇啊啊……」客廳裡掀起一陣驚呼聲。

「那接下來，請換手。」

或許是一時得意忘形，小匠緊接著這麼說道。蟾蜍迅速縮回搭在

掌心上的右前腳，換上左前腳。

「好厲害……」

男生當中有幾人發出低聲讚嘆。

小匠心情大好起來，繼續對著蟾蜍發號司令。

「那接下來，裝死。」

「咦？」

小結不由得脫口反問道。

裝死？

「蟾蜍哪可能會裝死？」

安井用著嘲笑的語氣這麼說時——

「哇啊啊啊啊！」

歡呼聲響起，震撼著整間客廳。

出乎預料地，蟾蜍鬼丸爺爺竟然完美地做到小匠要求的動作。

小結在一群三年級生的背後，伸長脖子看向洗衣盆。

洗衣盆裡的蟾蜍呈現仰臥的姿勢。蟾蜍翻出白色的肚子，仰臥在水中。

「爺爺死掉了嗎？」

小萌說了一句不該說的話，但幸好一群孩子陷在驚訝興奮的情緒之中，根本沒聽見小萌在口罩底下的嘀咕話語。

「好酷喔！」

「這隻蟾蜍太酷了！」

「根本是天才吧？」

「好酷喔！小匠養了一隻天才蟾蜍！」

「好羨慕喔！」

「你去哪裡買的？還是撿到的？」

「我也好想有一隻天才蟾蜍喔！」

相較於情緒高漲的男生組，安井與睦美這對女生一臉苦澀。小結猜想兩個女生應該是覺得擁有會表演才藝的蛙令人羨慕，但對於養蟾蜍當寵物這件事一點也不感興趣。小結不禁心想：**可以的話，我也不想養什麼蟾蜍當寵物**。

小匠總算在洗衣盆前面站起來。

「今天就這樣吧。一次要求做太多動作，蟾蜍也會累壞的。」

一群懂事的孩子們聽到這句話後，紛紛說「打擾了」、「那我們走囉」或「再見」之類的道別，一個接著一個往玄關的方向離開。

小結仔細一看，這才發現所有人還背著書包。看得出來大家迫不及待地想要看一眼蟾蜍是不是真的會表演才藝，所以放學後沒有先回家一趟，便直奔過來。

安井準備從玄關踏出屋外時，一副忽然想起什麼的模樣開口詢問：「叫什麼名字？」

「咦？」

小匠露出錯愕的表情反問道。

「就名字啊！那隻蟾蜍叫什麼名字？既然是寵物，應該有取個名字吧？」

「喔……嗯，名字啊……」

雖然小結看不到小匠的表情，但她知道小匠此刻的視線肯定在空中不停遊走。

「呃……名字呢……牠的名字叫……鬼丸。」

「鬼丸？」

安井歪著頭反問道。

「太酷了！」

不知哪個孩子這麼說道。

小結瞥了洗衣盆一眼，發現蟾蜍爺爺已經從裝死的姿勢，恢復成原本的四腳著地姿勢。蟾蜍爺爺扭著大嘴巴，露出心滿意足的笑容。

7
追蹤

這天真是慌忙的一天。除了小匠的一群朋友之外，還來了兩位意外的訪客。

其中一位訪客突然在小結和小匠的房間現身。就在小結和小匠並肩坐著寫功課時，突然從背後出現。訪客在雙層床的下鋪現身後，突然向小結兩人攀談：

「嗨！我摯愛的姪子、姪女啊，你們好嗎？」

小匠整個人跳起來轉頭往後看。

「夜叉丸舅舅！」

小結也從作文簿上抬起頭，緩緩轉頭往後看。

「舅舅，午安……應該要說……晚安吧？舅舅怎麼突然來了？」

「妳們有沒有看到鬼丸爺爺？他最近有沒有來妳們這兒？」

夜叉丸舅舅一次就說中小結不想聽到的問題。

然而，小結還沒想出該怎麼回答，小匠已經流利地回答：

「沒有啊……完全沒出現。這陣子爺爺都沒有來玩。」

「是喔……」

夜叉丸舅舅從寬鬆的帽子底下投來視線，觀察小結兩人好一會兒後，再次開口說：

「那祝姨婆呢？」

「沒有來啊。對不對？姊姊。」

「喔……嗯。」

突然被要求出聲附和，小結緊張得心臟差點跳出來。不過，小匠一臉若無其事地說：「怎麼了嗎？爺爺和祝姨婆出什麼事了嗎？」

「他們失蹤了，所以奶奶現在火冒三丈。況且還是爺爺和姨婆一起失蹤，很可疑吧？奶奶很擔心，就在猜想他們兩個有可能不知道在哪裡做什麼驚人的事情……或者是有可能在哪裡遇到什麼麻煩事。」

小結心想：「猜得好準！」鬼丸爺爺和祝姨婆兩人現在確實遇到相當麻煩的事。

這時，客廳傳來媽媽的聲音：

「小結！小匠！功課寫完了嗎？來幫忙準備晚餐一下！」

「不妙……」

舅舅往媽媽聲音傳來的方向看去後，扶著寬鬆的帽子說：

「你們媽媽在叫人了。舅舅先走了喔！你們要是看到鬼丸爺爺和祝姨婆，記得叫他們快點回山上去。跟他們說如果再不回去，當心被齋奶奶咬得頭破血流！」

說罷，夜叉丸舅舅瞬間消失不見。小結豎起從狐狸家族繼承而得的順風耳，確認已經完全感受不到任何舅舅的氣息和氣味後，才大大呼出一口氣。

「呼——嚇死我了！呼——嚇死我了！」

說著，小結一邊輕撫胸口，一邊看向小匠說：

「真佩服你說謊都面不改色，我真的開始擔心起你的未來耶。不是有一句俗話這麼說嗎？『細漢偷挽匏，大漢偷牽牛。』[6]」

「拜託一下好不好？」

小匠表情不悅地也看向小結。

「妳自己不也發誓過嗎？我們跟鬼丸爺爺約定好的，不是嗎？我們說過不管山上任何人來問，都絕對不會把爺爺變成蟾蜍的事情說出去。所以，我是為了遵守約定，才不得已說謊的。明明做了約定卻把祕密說出去，那不就變成跟小萌一樣了？」

小結心想小匠說的確實有理，不禁找不到話語反駁。

「小結！小匠！」

媽媽的呼喚聲傳來。

「來了！」

小結回應後，一邊往客廳走去，一邊思考起與小萌打勾勾做約定的對象的來頭。雖不知道對方的真實身分，但想到對方只憑靠打勾勾的動作就能夠下詛咒這一點，不難想像對方肯定擁有強大的力量。

不過，讓人想不透的一點是，為什麼擁有強大力量的傢伙會刻意邀約小萌進到園長家的庭院？當然了，那傢伙進到園長家的庭院究竟有何目的也是個謎題，但讓人最納悶的地方還是在於為何帶著小萌一起去？為了封口還要特地打勾勾做約定來下詛咒，何不一開始就不要帶小萌一起去就好了？

那傢伙是不是認為只要打勾勾做約定，小萌就真的會一直保守祕密……

可是，小萌才三歲而已。如此年幼的小孩怎可能守得住重要祕密？如果沒有好好叮嚀，小萌甚至連媽媽是狐狸的事實都有可能不小心說漏嘴。那傢伙難道沒想過如此幼小的小萌根本守不住祕密？

6 「細漢偷挽匏，大漢偷牽牛。」台灣諺語，小時候偷摘匏瓜，長大偷牽牛隻。指縱容惡習，長大會變本加厲。此處日文原文俗語是「說謊的人會當賊」，有相似意味。

鬼丸爺爺和祝姨婆早已爬上餐桌等著吃晚餐，望著變成蟾蜍的兩人，小結忍不住又對在小萌身上下詛咒的凶手生氣起來。

這天，媽媽反省過前一晚的混亂場面，所以刻意錯開蟾蜍和小結一家人的用餐時間。媽媽決定讓鬼丸爺爺和祝姨婆先用餐。

蟾蜍的用餐時間結束後，媽媽讓爺爺兩人回到洗衣盆，才與小結幾人重新圍在餐桌前。至於爸爸，他今晚會比較晚回家。

小結、小匠、小萌和媽媽坐在餐桌前準備開動的那一刻，第二位訪客在客廳的入口處現身。

「啊！小季來了！」

已經取下口罩的小萌聲音清晰地大喊道。

「欸，你們有沒有看到爺爺和祝姨婆？」

小季今天變身成擁有一頭長髮的年輕女生，身穿緊身牛仔褲搭配金蔥毛衣。小季臉上還畫了美美的妝。

看來小季果然也是為了掌握鬼丸爺爺和祝姨婆的行蹤，而來到小結家。

「應該要先說一聲晚安吧？」

媽媽對著表現失禮的妹妹這麼說，但小季完全不把媽媽說的話當一回事。小結拚命地壓抑衝動，不讓自己看向放在陽台落地窗前的兩只洗衣盆。

不行！不要往那邊看……不要往那邊看……

「你們今天晚上吃煎餃和炒飯啊？分一顆給我吃！」

小季一走近餐桌，立刻迅速伸出手從大盤子上抓起一顆煎得酥脆、熱騰騰的煎餃，跟著整顆丟進嘴裡。

「季！」

媽媽大喊妹妹的名字。即便看見自己的姊姊怒氣沖沖，小季也只是聳一下肩膀，一副滿不在乎的模樣。小季反過來對著怒氣沖沖的姊姊，譴責說道：

「姊姊，不是我愛發牢騷，為什麼我傳送念力給妳，妳都不回應？媽媽也很生氣呢！我跟媽媽傳送念力那麼多次，一直在問妳鬼丸爸爸和祝阿姨有沒有來這兒，妳卻都不回應。」

所謂的「念力」，是狐狸家族之間會利用的一種像心電感應的力量。小季和奶奶似乎為了詢問行蹤不明的爺爺和祝姨婆下落，而傳送過念力給媽媽。不過，媽媽想必因為遭到爺爺和祝姨婆的嚴厲封口，所以沒能夠回覆小季和奶奶。

媽媽讓自己平息怒氣，並夾了一顆煎餃放到小盤子上，好替自己爭取一些時間。

「我這陣子有點忙……」媽媽一副難以啓口的模樣擠出話語。

「可能是我在思考很多事情，所以分心了。看來我好像沒能夠接收到妳們的念力……」

然而，小季在這時打斷媽媽的牽強藉口，放大嗓門說：

「等一下！那什麼東西！」

小季瞪大著眼睛，目光被吸引到餐桌另一端。

「那什麼？洗衣盆裡有蟾蜍耶！」

小結實在忍不住了，於是用眼角餘光偷偷觀察狀況。

鬼丸爺爺和祝姨婆在各自的洗衣盆裡，全力扮演好蟾蜍的角色。祝姨婆在溼毛巾底下露出臉來，不停抖動著喉嚨。鬼丸爺爺則是以四腳著地的姿勢泡在水中，宛如石塊般一動也不動。

「為什麼有蟾蜍？而且兩隻這麼大隻！妳們是打算煮來吃啊？」

「怎麼可能！」

小結不由得反駁道，小匠回答小季的疑問說：

「那是寵物。」

「寵物？養蟾蜍當寵物？」

小季驚訝地睜大眼睛看了看蟾蜍，再看了看小匠。小匠繼續說明：「嗯。因為我們家公寓不能養狗或貓咪，所以就決定養蟾蜍。右邊那隻是姊姊的，左邊是我的。小季，妳要不要抱抱看？」

說著，小匠準備從椅子上站起來時，小季猛力搖著頭，並往後退到走廊上。

「不用，多謝好意。我可不想抱什麼蟾蜍。你們真是與眾不同耶，如果說是養來吃還說得過去，竟然把蟾蜍當寵物養，真不知道你們這是什麼癖好！我就不用麻煩了。我走囉，拜拜。」

小季話一說完，瞬間消失不見。

小結這次也一樣豎起順風耳，仔細確認小季真的已經離開，才大大地、大大地呼出一口氣。

「呼——嚇死我了！呼——嚇死我了！」

「看來小季沒有察覺到我們的真實身分。」

鬼丸爺爺在洗衣盆裡露出得意的笑容嘀咕道。

媽媽表情嚴肅地開口說：

「早晚都會穿幫的。夜叉丸哥哥和季會特地來到人類的世界找你們，就表示媽媽相當擔心，不是嗎？」

小結和小匠當然已經向媽媽報告過夜叉丸舅舅剛才現身的事實。媽媽積極地對著洗衣盆裡的爺爺和祝姨婆勸說：

「我們不要再隱瞞下去了，跟山上通知一聲吧！我總不可能一直欺騙媽媽，讓你們藏在這裡……」

「妳要是敢通知山上，我馬上離開這個家！」

祝姨婆在溼毛巾底下發出刺耳的聲音，滔滔不絕地繼續說：

「哪怕有可能變成肉乾，我也會離開這裡，找個地方藏起來！與其被山上的同伴們知道我變成現在這個樣子，我寧願在隨便哪個地方變成肉乾死掉！」

「一點也沒錯！」

看見連鬼丸爺爺也與祝姨婆一個鼻孔出氣，媽媽、小結和小匠除了嘆氣，什麼也做不了。

小結在餐桌上說出自己今天在圖書館閱讀到一本小冊子，也分享了有些相似，但內容不同的龍神池傳說故事。

「在我看到的那個傳說故事裡，壞蛋是一條大蛇。然後呢，青蛙把大蛇的弱點告訴村民們。」

「大蛇的弱點是什麼？」小匠立刻發問。

「針。」

小結一邊拿筷子夾起大盤子上的煎餃，一邊答道。

「據說比起槍或鐮刀，大蛇更怕針。後來，村民就收集一大堆針丟進水池裡，順利打敗大蛇。」

「為什麼大蛇會怕針啊？」

小匠歪著頭問道，蟾蜍鬼丸爺爺在洗衣盆裡回答：

「從很久以前，大家就知道蛇會怕金屬類的東西。形狀又細又尖，而且是用金屬做成的針，更是蛇最害怕的東西。」

「是喔……」小匠點頭應道。小結把視線移向媽媽說：

「媽媽，妳有什麼發現嗎？妳有去玉泉寺吧？」

「去一下下而已。幼兒園的家長會時間拉得太長了，結果時間都被占光了。不過，回家路上我還是去了一趟玉泉寺拿簡介回來。簡介上面也有提到青蛙追悼會，但內容跟網路上看到的資訊沒什麼太大不同的地方。」

說到這裡時，媽媽一副忽然想起什麼的模樣補充說：

「對了，園長說他們過陣子要重新蓋過房子。聽說是因為住家的房子已經相當老舊，所以想要重新蓋過，然後順便把院子的部分空間讓出來作為幼兒園的停車場。今天的家長會其實就是建蓋工程的說明會。園長說下個月開始會有工程車輛進出好一段時間，要大家上下學時注意安全……」

媽媽說到一半停頓下來，思考一會兒後，才繼續開口說：

「這件事有沒有可能有什麼關聯……我是說跟這次的詛咒事件有關聯。」

「咦？」小結不由得與小匠互看一眼。

「什麼意思？為什麼媽媽覺得園長家要重蓋跟詛咒有關聯？」

「直覺吧。」

媽媽沒有明確說出想法。

取而代之地，祝姨婆在洗衣盆裡開口說：

「我不是說過嗎？不可思議的事情之所以發生，都有它會發生的原因。所謂的原因，不見得只會是原因，契機也算是一種原因。如果少了契機，事情就不會開始運轉。凡事都是如此。」

在隔壁洗衣盆裡的鬼丸爺爺忍住呵欠，也開口說：

「我在猜院子裡的小池塘說不定也會因為工程而被埋起來吧？砍掉老樹、破壞老房子……有時候在一個地方很久的事物如果出現變化，就會因此造成某事發生。」

「造成某事發生？」

小結像在反芻似地，複誦一遍爺爺的話語。

就這樣，慌忙的一天即將結束。所有人都吃完晚餐，也都洗好澡後，爸爸才回到家。小結和小匠向爸爸道聲晚安後，各自鑽進上下床鋪的被窩裡。明天是星期六，幼兒園和小學都放假，所以小結和小匠兩人即使已經爬上床也關了燈，還是東聊西聊很多關於青蛙嘴詛咒的事，睡覺時間因此拖得比平常晚一些。

不過，聊著聊著，兩人開始打呵欠，最後終於無力繼續睜開著眼睛。不知不覺中，家裡變得安靜無聲。看來媽媽和爸爸也已經入睡。

小結也在不知不覺中慢慢墜入甜美的夢鄉。

這時，小結的意識忽然被拉回來。小結感覺到似乎有某處傳來關門聲。小結保持躺在被窩裡的姿勢，張開眼睛觀察著狀況。

四周一片靜謐。

難道是我在做夢……

小結這麼心想，於是閉上眼睛打算繼續睡覺，但腦袋卻不知為何變得清醒，遲遲無法重回夢鄉。

在床上挺起身子後，小結明確回想起剛才聽見的聲響。

小結剛才確實聽見「碰！」的一聲關門聲。小結家只有一扇門會發出如此沉重的關門聲。

玄關門……

這麼心想後，小結忽然在意起來而忍不住想要確認狀況。

玄關門應該有上鎖才對……也就是說，有人從玄關門走出去？

……在大半夜裡出門？果然有可能是我在做夢。

小結一邊這麼想，一邊悄悄爬出被窩，一腳踩上雙層床的梯子。

「姊姊？」

出乎預料地，雙層床的下鋪傳來小匠的聲音。小結本以為小匠肯定睡著了，沒想到小匠似乎也清醒過來。

「怎麼了？」小匠問道。小結走下梯子，壓低聲音詢問弟弟說：

「你有沒有聽到關門聲？『碰！』的一聲被關起來——」

小匠也慢吞吞地爬出被窩。

「哪裡的門？」

「應該是玄關門。」小結答道。

「咦？小偷嗎？可是，應該有鎖門才對啊。」

一片昏暗中，小匠的臉上浮現訝異的表情。

「會不會是有人出去之類的……」

說著，小結與小匠互看一眼。

秋夜已深，房間裡的空氣帶著寒意。時刻已經接近凌晨兩點鐘。

「我們去看看。」

小匠嘀咕道。披上掛在書桌椅子上的絨毛外套後，小匠打開兒童房的房門。小結也穿上自己的絨毛外套，跟在弟弟後頭走出房門。

玄關一片鴉雀無聲。不過，看見關起的玄關門那一瞬間，小結和小匠都倒抽一口氣。

玄關門的鐵鏈沒有扣上，門把下方的門鎖也沒有上鎖。

看樣子果然有人打開玄關門走出去。

可是，會是誰呢？為什麼會在大半夜裡出門？

小結一邊思考，一邊豎起順風耳。小結深吸一口玄關的冰冷空氣，試圖找出不久前從這裡走出去的人物的氣味。

「……小萌？」

小結嘀咕時，小匠套上脫在玄關的球鞋，輕輕往外推開玄關門。

「……啊……有人轉彎往電梯的方向走去了。」

小結看了看小匠穿上鞋子的方形玄關空間後，發現小萌的鞋子不見了。小結的心臟猛力跳動一下。

「小萌的鞋子不見了……好像是小萌走出去……這裡還有她的氣味……」

小結低聲迅速說道，跟著自己也套上球鞋，一把推開小匠從玄關走出門外。

「所以，剛剛那個人是小萌？她往電梯的方向走去了耶！」

小匠也走出公寓的走廊上。

「小萌！」小結本想這麼大喊一聲，但硬是把話吞了回去。走廊上一扇扇玄關門整齊排列，這時間玄關門後的每戶人家早已呼呼大睡。小結總不能在此時大吼大叫。

「我們走！」

小結向弟弟簡短搭腔一句後，朝向電梯梯廳走出去。為了盡可能避免發出腳步聲，小結在走廊上小跑步地急忙前進。

半路上，小結遲疑了一下。

是不是應該先告訴爸爸和媽媽一聲比較好？

可是，如果沒有立刻追上去，可能會來不及抓到小萌。前往電梯的走廊上，也明顯留有小萌的氣味。錯不了，小萌前一刻才剛剛經過這裡。

可是……為什麼？

一定要趕快抓住小萌問清楚才行！小結急得如熱鍋上的螞蟻。

小結和小匠在走廊的轉角處轉彎，一腳踩上梯廳的那一刻，電梯門正好在兩人的面前關上。

「小萌！」

小結這回真的出聲呼喊妹妹的名字。

電梯門上方顯示各樓層的燈號從五樓一層一層地往下閃爍。

「姊姊！我們走樓梯下去！」

小匠衝向位於梯廳角落的階梯口大喊道。

小結還來不及穿過階梯口的門，小匠已經踩著階梯往下移動。小結也拚命地追在後頭下樓。

兩人從五樓跑下四樓、從四樓跑下三樓、從三樓跑下二樓——

小萌到底在做什麼？沒事幹嘛在大半夜裡自己一個人離開家裡！妳在想什麼啊！小萌！

小結一邊氣喘吁吁地衝下階梯，一邊在心中暗自大喊。

比小結早一步抵達一樓後，小匠推開通往大廳的門衝出去。小結也緊跟在後頭衝出門外。

電梯就停在小結兩人的眼前，而且電梯門敞開著。不過，梯廂裡空無一人。

慢了一步……

空蕩蕩的電梯裡明顯留有小萌的氣味。小萌的氣味穿過小結所站立的入口大廳，朝向公寓外面而去。

「往那邊！」

小結對著不停上下擺動肩膀在喘息的小匠搭腔道，並朝向入口大廳門衝去。

推開笨重的玻璃門走出戶外後，小結發現清澈無比的藍色光芒籠罩著四周。

滿月高高掛在南方的天空。

公寓的建築物四周圍繞著花草叢，在那另一端的馬路上，出現一道小小的身影朝向公車專用道的方向走去。

「……果然是小萌沒錯……」

小小的身影穿著眼熟的粉紅色睡衣，以及最愛的紅色針織外套。

「小萌是要去哪裡？」

怪了？小萌以簡直就像在跑步的速度愈離愈遠。她的模樣看起來明明不像在跑步啊！

「要趕快追上小萌才行。」小結說完並回頭瞥了公寓一眼。

事到如今，已經沒有時間回家通知爸爸和媽媽。如果不快點行動，將會看丟小萌。

在彷彿身陷水底之中的光芒籠罩下，小結和小匠在朦朧的藍色深夜裡快跑出去。

8 結界之池

小萌在靜謐的街上不斷前進。為了盡早抓住妹妹，小結和小匠全力衝刺過好幾次，但不可思議地，兩人就是無法拉近與小萌的距離。

「小萌是怎樣……她怎麼可以那麼快？」

小匠一副難以置信的模樣嘀咕道。

「太奇怪了吧？小萌明明不是用跑的……她明明是用走的，我們竟然追不上她。」

小結不禁想：**不知道發生什麼詭異的事情？而且非常地詭異……**

基本上，小萌不跟任何人說一聲，便自己在半夜裡默默偷跑出去這件事本身就太奇怪了。小萌到底要去做什麼？難不成是夢遊？可是，小萌毫無遲疑地走在街上的感覺，像是明確地朝向目的地前進。感覺上，小萌清楚知道自己要前往何處。

不過，跟在小萌後頭走著走著，小結和小匠也逐漸掌握到小萌的目的地。

「該不會是要去……幼兒園吧？」

小結嘀咕道，小匠點點頭說：

「肯定是要去幼兒園。這根本是上學會走的路線。」

只要再轉兩個彎，就會走到幼兒園大門前的那條馬路。

「為什麼要在大半夜裡去幼兒園？」

小結脫口說出內心的疑問，恨不得也可以一起吐出心中的不安情緒。

「小萌那樣子簡直就像有人在呼喚她。」

聽到小匠這麼說，小結的不安情緒更是加深。

「拜託你不要亂說話……」

「可是……」

小匠露出一本正經的表情繼續說：

「小萌會在半夜裡擅自跑出去，然後自己走到幼兒園？這狀況絕對不尋常。我覺得可能有人叫她去幼兒園，或者是被某人控制了。」

家家戶戶一片靜謐，小萌走過這些住家的前方，並彎進第一個轉角。看見小匠追著跑出去，小結也跟在後頭跑去。

撲通！撲通！撲通！小結的心臟劇烈跳動起來。

——簡直就像有人在呼喚她……

——簡直就像有人在呼喚她……

小匠脫口說出的不祥話語如回音般，在小結的腦海裡不停盤旋。

是誰在呼喚小萌？該不會是那個男生？

那個對小萌下了青蛙嘴詛咒的男生？難道是與小萌打勾勾做約定的那個男生，在大半夜裡呼喚小萌到幼兒園？

小結兩人彎過轉角時，小萌的身影已經消失不見。小匠直接朝向前往幼兒園大門的最後一個轉角跑去。小結追在小匠的後頭。

昏暗的馬路上，成排的路燈一盞一盞地投下圓圓的光圈。

「在那裡！」

小匠指向前方，壓低聲音說道。雖然前方看不見融入黑暗中的路標枝垂櫻，但在前方第三盞路燈的光線照亮下，浮現出小萌的身影。果然沒錯！小萌穿過大門進了幼兒園。

「我們走！」

小結這麼搭腔道，但小匠已經早一步跑出去。小結和小匠在靜謐的馬路上全力衝刺，一路奔向幼兒園。

抵達幼兒園後，兩人發現可往兩側推開的鐵格柵門像是為了迎接某人似的，微微打開一小縫。秋天裡的夜風吹拂下，光禿禿的櫻花樹垂枝如窗簾般不停搖曳。

「大門沒有鎖上……」

小結感到意外地從門縫探頭看向昏暗的遊戲場。

「小萌跑哪去了？」

小匠一邊留意四周狀況，一邊迅速穿過大門走進去。

雖然沒有取得同意便在夜裡偷偷闖入幼兒園的舉動讓小結心生抗拒，但小結最後還是穿過門縫進到幼兒園。

「小萌！」

小結試著輕聲呼喚妹妹的名字。昏暗的幼兒園遊戲場一片鴉雀無聲，沒有傳來妹妹的回應。

不過，遊戲場確實還留有氣味。那是小萌的氣味。

「小萌好像往那邊去了……」

小結豎起順風耳，看向遊戲場深處。遊戲場深處的角落有寬敞的玩沙區，以及小小一棟木屋。玩沙區的後方可看見繡球花叢。小結想起小萌說過她是從繡球花叢背後的樹籬笆底下鑽進園長家。

「小萌會不會是打算鑽進園長家？」

小匠似乎也想起同一件事。

小結和小匠橫越遊戲場，朝向玩沙區後方直直走去。

小結試著朝向繡球花叢後方，再次出聲呼喚。

「小萌！」

「小萌，妳在哪裡？」

小匠也出聲問道，並伸手撥開繡球花叢。

小結從小匠背後探出頭看。

青白色月光從夜空灑落，照亮龍柏樹籬笆和樹籬笆根部的護網。

「沒看到破洞耶。」

觀察過護網後，小匠用著像在確認的口吻說道。

媽媽和祝姨婆說的沒錯。樹籬笆底下的護網既沒有破洞，也沒看見縫隙。不過——

「不過，來到這裡就感受不到小萌的氣味了。氣味在護網這裡消失了。」

「咦？氣味消失了？」

小結的話語讓小匠感到訝異，立刻蹲下身子確認樹籬笆的根部。

「因為被結界擋住了。」

就在這時——

小結的正後方傳來耳熟的聲音。

「呀！」

小結不禁怪叫一聲，整個人跳起來回頭看向身後。

「哇！哇！哇！好痛！」

小匠慌張失措地試圖站起身子，結果身體往前倒一頭撞上樹籬笆。他一邊搓揉頭部，一邊看向聲音傳來的方向。

小結和小匠同時大聲喊出相同名字：

「齋奶奶！」

齋奶奶站在幼兒園遊戲場的昏暗玩沙區角落。小結她們之前在狐狸的山上世界見過齋奶奶一面，突然現身的齋奶奶與那時看到的模樣相同。齋奶奶身穿黑色服裝，裹住瘦骨如柴的纖細身軀。一頭銀色頭髮的齋奶奶直直挺著背脊。

出現在眼前的人物確實是齋奶奶，但狐狸家族的奶奶在並木幼兒園的玩沙區現身這件事，讓人覺得彷彿身陷夢境，毫無真實感。

「齋奶奶，妳怎麼會在這裡？」

小匠聲音沙啞地問道。

「跟你們一樣啊，我追著小萌來的。」

聽到齋奶奶的回答後，小結的思緒更加混亂。

「咦？追著小萌來的？從哪裡開始追的？」

然而，奶奶沒有回答小結的發問，注視著黑暗深處說：

「等事情結束後我再說明。總之，要趕快把小萌帶回來。跟我來！」

「……要去哪裡？」

雖然感到遲疑，但小結還是再

次開口發問。

「去小萌被帶走的地方。就是被結界擋住的另一邊世界。」

說罷，齋奶奶沿著樹籬笆走出去。

小結和小匠彼此交換眼神後，立刻從繡球花叢背後踏出步伐，跟在齋奶奶後頭走去。

走著走著，齋奶奶來到樹籬笆中間的小門前。那扇小門可以在遊戲場和園長家之間進進出出。單門設計的小門總是被鎖上，其高度只到小結的胸口位置，小匠還說過他曾經直接跳過小門。

停下腳步後，齋奶奶輕輕觸摸被關上的小門，小結見狀，再次開口發問：「我們要從這裡進去園長家？」

齋奶奶瞥了小結一眼說：

「沒有，不是要去園長家。從這裡可以去到結界另一邊的世界。這扇門的背後會通往跟這邊不同的世界。所以小萌的氣味在護網那裡就消失不見了，對吧？」

小匠用著像機關槍一樣的說話速度，向齋奶奶說明：

「小萌好像被一個神祕男生帶著從樹籬笆底下的護網破洞，鑽到園長家的院子好幾次。可是，我們已經確認過護網，上面根本沒有什麼破洞。」

聽到小匠的說明後，齋奶奶點點頭說：

「看來那個男生並非普通人物。他準備了可以去到隔壁院子裡的通道，只專門給自己和小萌使用。也就是其他人看不到的特別通道。那個男生是個擁有這種特殊能力的小孩。今天晚上這裡會形成結界把另一邊的世界和這邊的世界隔開來，就是最好的證明。我猜形成結界也是那個男生的傑作。」

「另一邊的世界是什麼世界？」齋奶奶做出聳肩的動作回應小結的發問。

「妳有辦法破壞結界嗎？」小匠問道。

齋奶奶保持扶著小門的姿勢輕輕一笑。

小結她們的奶奶不是普通角色，她是狐狸家族當中最具權力的狐狸。小結感受到齋奶奶的笑臉，帶著「放心交給我來搞定」的意味。

「過來！」

齋奶奶對著小結和小匠說道。

「你們兩個如果也想一起去，就要貼在我身上才行。」

小匠迅速握住齋奶奶的左手。小結伸長手臂，摟住齋奶奶扶著小門的右手手肘。

小結這才發現自己與小匠跟爸爸的媽媽牽過好幾次手，但跟齋奶奶倒是第一次牽手，也是第一次摟住手臂。

雖然有些緊張，但小結還是忍不住盯著近在眼前的齋奶奶側臉看。齋奶奶的目光直直注視著小門的另一端一動也不動，嘴裡不停喃喃低語，感覺像在念著咒語。

「翁．達奇尼．西里也．索娃卡

翁．阿羅加．達奇尼．索娃卡

翁．達奇尼．漢多梅．烏．哈塔……」

一片黑暗中，齋奶奶的眼睛發出藍色光芒，四周同時掀起強風。強風吹拂下，齋奶奶靜靜地推動小門。這時，樹籬笆中間的小門輕而易舉地打開來，等著迎接三人進到門後。

強風的風勢增強，從背後推著小結、小匠和齋奶奶三人穿過敞開的小門。

三人穿過小門後，小門隨即安靜無聲地關上。猛烈吹襲的狂風也瞬間停止下來。

門後的世界也充斥著青白色的月光。

「啊……」小結倒抽一口氣。

這裡有著一樣的月光，但月光照亮下，在小結幾人眼前展開的景色並非園長家的庭院。

這裡根本看不到園長家。庭院裡的樹木、圍繞庭院的磚牆也都消失不見。取而代之地，眼前出現一座大水池，還可看見茂盛的草叢環繞池邊。大水池不是祝姨婆說過的那種利用水泥固化而成的人工池塘。大水池足足有學校游泳池的兩倍大，灑上月光的池面如一面銀色鏡子般閃閃發亮。

池畔上可看見山茶花樹。

「這裡是哪裡？」

小匠發楞地嘀咕說道。這時，山茶花樹的另一端有所動靜。

「啊……小萌！」

小匠鬆開齋奶奶的手跑出去。

小結看見兩道身影在山茶花樹背後不知道在做什麼。

兩道身影分別是小萌，以及陌生男孩——

「小萌！」

小結也急忙追在小匠後頭，朝向妹妹奔去。

「小結姊姊！小匠哥哥！」

小萌渾然不知小結與小匠在替自己擔心，一臉雀躍的表情邊跑邊跳地奔向小結兩人。男生一直盯著小結這裡看，沒有採取任何行動。

飛奔到山茶花樹的前方後，小匠一把抓住小萌的手，狠狠瞪著在眼前佇立不動的男生說：

「就是你吧？就是你對小萌下了青蛙嘴的詛咒。」

小結晚一步也來到山茶花樹的前方後，立刻牽起小萌的另一隻手，把妹妹往自己身邊拉。

「也是你在大半夜裡約小萌出來的吧？你到底在做什麼？你有什麼企圖？」

儘管聽到小匠和小結的嚴厲話語，男生還是不為所動，一直保持沉默地抬頭望著小結兩人。

男生的個子比小萌高一些，但比小匠矮小許多。照那模樣看起來，應該頂多是中班或大班的年紀。小結這才發現男生穿著並木幼兒園的藍色畫畫衣。畫畫衣的領口露出白色上衣的圓領，下半身搭配深藍色短褲。也就是說，男生在大半夜裡，一身幼兒園的制服打扮站在這裡。

小匠再次詢問男生說：

「這裡是哪裡？你是誰？」

男生依舊一句話也沒說，那模樣就像忘了怎麼說話。

小結深呼吸一口氣後，把小萌推到自己身後，往前踏出一步說：

「你有沒有在聽啊？你為什麼要對小萌下青蛙嘴的詛咒？你是什麼人？拜託你解開對小萌下的詛咒好不好？」

男生直直注視著小結，但依舊沒有要開口說話的意思。

「欸，你有沒有在聽啊？」

說罷，小結朝向男生伸出手，但途中吃驚地縮回手。

順風耳讓小結知道一件事實。

感受不到氣息——

眼前的男生完全感受不到氣息，也沒有氣味、沒有體溫。不論是呼吸、血液在血管裡流竄的脈動，還是心跳聲，一概感受不到。男生確實就在眼前，卻沒有氣息。明明看得見身影，卻不存在——

「鬼、鬼魂？」

小結輕聲嘀咕道。小匠聽了後，迅速跳到小結身後躲起來。

男生抿嘴一笑後，第一次開口說話：

「我不是鬼魂。」

「那你是什麼人？」

齋奶奶問道。不知何時，齋奶奶已經來到小結、小匠和小萌的身後，直直盯著男生看。

聽到齋奶奶的聲音後，小萌迅速轉過頭，瞪大眼睛抬頭看著齋奶奶。

「奶奶？齋奶奶？」

雖然小萌之前只在狐狸宮殿見過齋奶奶一面，但似乎沒有忘記齋奶奶的長相。

齋奶奶為了安撫驚訝的小萌，對著小萌點點頭說：

「是啊，小萌，奶奶來找妳呢。聽說妳被下了青蛙嘴的詛咒啊？」

齋奶奶原本溫柔注視著小萌，這時把視線緩緩重新移回男生的身上。

「好啦，讓我來了解一下是哪個來路不明的傢伙對我的孫子下這種詛咒？我得好好聽一聽你怎麼解釋這麼做的原因。視狀況的嚴重程度，我可不會輕易放過你。」

灑滿青白色月光的黑夜中，齋奶奶的雙眼發出犀利的目光。

一陣徐風吹拂而過，圍繞水池的草叢隨之搖曳。

9 護法童子

水池前，男生與小結幾人沉默不語地互瞪好一會兒。即使這樣面對面看著彼此，小結還是感受不到一絲一毫男生的氣息，不禁感到毛骨悚然。

這男生到底是誰？青白色的月光籠罩下，男生愈看愈像鬼魂，甚至讓人覺得隨時會融入黑暗中消失不見。

「小結姊姊……」

小萌在背後拉著小結的絨毛外套說道。

「小結姊姊，我跟妳說……」

「噓！」

氣氛緊繃之中，小結向小萌發出保持安靜的信號。

不過，小萌沒有就此安靜下來。

「我跟妳說，他叫護花。護花說有事情要拜託我。」

「咦？護花？妳是說會護花使者的護花？」

小匠偷偷插嘴說道。

「噓！」

小結伸出手指抵住嘴唇，這回變成要求小匠保持安靜。

「你是誰？」

齋奶奶以平靜的語調再次詢問男生。

「既然你不是人類、不是狐狸，也不是鬼魂，難不成是妖怪？但我沒聽過有妖怪叫護花就是了。」

男生態度果決地搖搖頭，跟著露出有些生氣的眼神環視小結幾人一圈後，開口說：

「俺不是妖怪，也不叫護花。俺可是堂堂的護法童子。」

「俺？堂堂的護法童子？」男生的用字遣詞奇特，小匠不禁複誦一遍說道。

「護法童子？」

聽到這個不熟悉的名字，小結不禁反問道。

身穿藍色畫畫衣的小傢伙一副驕傲的模樣挺起胸膛說：

「沒錯，俺是堂堂的護法童子，專門侍奉玉泉寺的龍神。」

「原來如此，你是鬼神啊。」

齋奶奶點點頭說道，但小結和小匠沒能夠明白意思。

「鬼神的意思就是鬼怪囉？」

小匠再度偷偷發問。這時，護法童子終於按捺不住怒氣，頻頻搖頭說：「不是！不是！不是！」

齋奶奶插嘴說：

「所謂的鬼神，就是神靈。護法童子是隨從，專門侍奉遵守佛法的諸神。現在我總算明白狀況了。既然是龍神的隨從，擁有水中同伴的詛咒能力也是理所當然的事情。自古以來，青蛙嘴的詛咒就是水中同伴們會施展的魔力。」

小結從旁詢問童子說：

「可是，為什麼龍神的隨從要對小萌下詛咒？」

「就是啊！」

小匠也不惶多讓地從小結背後探出頭，朝向護法童子投以譴責的眼神說道。

「為了封口還費工夫下詛咒，還不如一開始就不要帶小萌去什麼祕密地方。自己把小萌帶去，還要小萌保密，根本是強人所難嘛！」

虧小匠說得振振有詞，沒想到被護法童子瞪一眼後，便立刻縮回小結背後。

取而代之地，齋奶奶開口說：

「你拉起結界究竟是在保護什麼？這座水池藏著什麼祕密？」

小結想起一直掛在心上的事，也開口詢問童子說：

「那是在呼喚什麼人……還是在呼喚什麼東西？你會對著水池呼喚『喂！快出來！快爬上來！』不是嗎？你那是在呼喚某個東西，對吧？在比池底更深的地方沉睡中的……」

此刻，在與小結幾人面對著面的護法童子身後，可看見大水池在月光映照下，池面波光粼粼。

童子靜靜地回答：

「俺在呼喚水池，被埋在地底下的水池。」

「呼喚水池？」

小結重複說道，並與緊靠在她身後的小匠互看一眼。

「……你說的水池是指這座水池？」

小結看向閃閃發光的水池這麼詢問後，童子點點頭說：

「沒錯，這座水池很久以前在這裡存在過。因為聽到俺的呼喚，現在才會出現在結界裡。」

小匠從小結背後探頭，注視著因護法童子的呼喚而出現的水池。

「可是，你為什麼要呼喚水池？」

小結再次發問。

護法童子把雙手插進藍色畫畫衣的口袋裡，從底下抬頭看向小結幾人說：

「為了把當初水池消失時跟著一起埋到地底下的一些東西叫出來。俺要把那些被下了詛咒而陷入沉睡中的東西叫回地面上來。」

「被下了詛咒的東西？」

小結重複說出的話語帶著一股不祥，在參雜青色的黑夜裡響起。所有人閉口不語，沉默的氣氛籠罩四周。水池、草叢以及庭院裡的樹木也彷彿在等待著什麼似的，一片靜謐無聲。

就在這時，黑暗深處傳來微弱的聲音。

小結感到疑惑地豎起耳朵聆聽。小結不僅豎起耳朵，也專心發揮順風耳的能力，但沒能夠明確捕捉到聲音的來源。

那聲音不像物體，而像是某種生命體所發出的聲音。不過，不知怎地，小結再怎麼努力聆聽，也無法聽清楚聲音。

——不像聲音，也不像在說話……

祝姨婆說過在園長家時聽見水池裡有聲音，小結心想祝姨婆聽到的搞不好就是現在這聲音。

「好吵啊。」

齋奶奶說道，並皺起眉頭。看來齋奶奶也聽到不可思議的聲音。

「好像有人在說話。」

不可思議的聲音似乎也傳進小匠的耳裡。

明明大家都聽見聲音，卻沒有人能夠聽清楚。

小結、小匠、齋奶奶以及小萌都為了尋找聲音的主人，在被黑暗籠罩的庭院裡四處張望。小結幾人發現這稱不上是聲音的吵鬧聲，似乎是從腳邊傳來。

然而，不論再怎麼定睛細看腳邊，就是找不到聲音主人的身影。

小匠一邊環視地面，一邊歪著頭說：

「到底是什麼聲音啊？應該是有誰在說話吧？」

護法童子簡短地回答一句：

「被詛咒者的聲音。」

這時，一直保持沉默的小萌一邊豎耳傾聽不可思議的聲音，一邊開口說：「他們在說：『快幫我解開詛咒！』一直在說快幫我解開詛咒、快幫我解開詛咒……」

「小萌……妳聽得到聲音？」

小結嚇一跳地看向小萌，她沒想到連順風耳也捕捉不到的聲音，年幼的妹妹卻捕捉到了。

小萌微微歪著頭，一邊專心地豎耳傾聽，一邊直直注視著一片黑暗的地面。

「一直在說快幫我解開詛咒、快幫我解開詛咒。」

小萌重複說一遍相同話語後，補充一句說：

「石頭在說：『快幫我解開詛咒！』」

「咦？石頭？」

這回是小匠嚇一跳地反問道。

小結、小匠和齋奶奶三人不由得互看彼此。

「……我懂了，原來如此。」齋奶奶率先點點頭說道。

「魂寄口，對吧？」

小結的腦海裡也正好浮現相同想法。

「魂寄口」是小萌從狐狸家族繼承而得的能力。小萌擁有能夠理解非人類存在所說的話的能力。小萌肯定是捕捉到小結幾人聽不懂的石頭話語，並代替石頭傳達話語。

「……可是，石頭有可能說話嗎？」

小匠一副感到可疑的模樣，說出心中的疑問。

小結也歪著頭感到納悶。如果是樹木、昆蟲或動物等存在，當然有可能會說小結幾人聽不懂的話語，但不具生命的石頭有可能滔滔不絕地說個不停嗎？

這時，齋奶奶再次開口說：

「意思就是，那不是普通的石頭？我說的沒錯吧？」

齋奶奶朝向護法童子問道。

「那些在說話的是被下詛咒的石頭，對吧？……不對，應該是因為被詛咒而變成石頭的吧？」

「一點也沒錯！一點也沒錯！」

童子開心地用力點頭，甚至拍起手來。

「是俺叫的！俺終於把跟著古老水池一起被埋沒到地底深處的那些，叫回地面來！這樣就可以解除詛咒了！」

「他們為什麼會變成石頭？……應該說是誰下了那樣的詛咒？」

小匠迅速發問。

「是誰被變成石頭？」

小結也接在小匠的後頭詢問童子。

小結有種得知一個答案後，又會立刻再出現一個新謎題的感覺。面對接踵而來的發問，童子一副在思考要先回答哪個問題的模樣，不停眨著眼睛看了看小結，再看了看小匠。沒多久，童子展露微笑說：「邪惡大蛇下的詛咒，被變成石頭的是可憐的青蛙們。」

「咦？」

聽到童子的回答後，小結腦海裡浮現閱讀課時讀到的古老傳說。

「你說的該不會跟賴在龍神池不走，害村民們傷透腦筋的大蛇傳說有關吧？後來青蛙洩漏大蛇的弱點，告訴村民們大蛇怕針，最後成功打敗大蛇。你說的是不是跟這個故事有關？」

「有關！當然有關！」童子點點頭後，描述起來：

「那條大蛇很狡猾又壞心眼。牠在龍神池棲息下來，還不斷使壞，然後四處造謠那一切都是龍神招來的災難。最後，大蛇甚至變身成和尚來欺騙村民，讓村民深信如果沒有把村裡的姑娘作為活祭品獻給龍神，就會發生可怕的災難。事實上，那是大蛇的詭計，大蛇想要自己一口吞下被當成活祭品的姑娘，好讓自己擁有三百年的壽命。」

小匠從小結背後探出身子，附和童子的話語說：

「我懂了！意思就是青蛙為了報答女孩的救命之恩，所以自己當替身犧牲了！」

「不是那樣子的……」小結插嘴說道。

「青蛙把大蛇的弱點告訴了村民，對吧？因為這樣，村民們成功打敗大蛇，對不對？」

護法童子看向小結，點點頭說：「沒錯。」

「那是龍神殿下得知大蛇的詭計後，命令青蛙們這麼做。龍神殿下命令青蛙們傳達大蛇的弱點給村民，所以青蛙們才會唱那首歌。」

說罷，童子在月光下的水池邊，精神奕奕地放大嗓門唱起歌來。

「龍神池住了誰？不是龍，而是蛇。

一條變身成和尚的蛇。

龍神池的大蛇最害怕什麼？

不是槍，也不是鐮刀，大蛇最害怕針。

劈里、劈里，呱呱呱！」

童子唱的歌曲比小結在圖書館裡發現的歌曲長一些。或許是歷經漫長歲月後，人們已遺忘了前半段的歌詞。

唱完遙遠的古老歌曲後，童子繼續描述起來：

「多虧青蛙們以唱歌的方式傳達大蛇的弱點，被當成活祭品的姑娘因此撿回一命，村民們也順利打敗龍神池的大蛇。」

兩邊都有符合事實的部分，也都有錯誤的部分……

小結一邊聆聽童子的描述，一邊這麼心想。玉泉寺的官網資訊沒有記述到青蛙們傳達大蛇弱點的事實，但有寫到女孩險些被當成活祭品犧牲的內容。地方古老傳說略過女孩作為活祭品的情節，但取而代之地，確實保留住青蛙們的部分歌曲內容。

小結在腦中整理著思緒時，護法童子在她面前描述起龍神池的大蛇與青蛙的後續相關故事。

「可是，大蛇沒有忘記要報復。在被打敗之前，大蛇先採取行動，大蛇為了報復而下詛咒。大蛇下詛咒說：『讓所有把我的弱點告訴村民的都變成石頭！』然後就死了。」

「變成石頭……？」

小匠低聲複誦一遍童子說的話。

「所以……青蛙們因為被下詛咒，所以都變成了石頭？」

小結這麼詢問護法童子。

「沒錯，完全正確。」童子點頭說道。

「青蛙們全都變成了石頭。看見幫忙拯救村落的青蛙們被變成石頭，村民們十分傷心，所以許了願。村民們到玉泉寺的龍王殿許願，祈求龍神幫忙解除青蛙們的詛咒。一年又一年地為青蛙們祈求。」

小結和小匠互看一眼。為了確認，小結嘀咕說：

「你說的就是青蛙追悼會？意思是說從三百年前就開始舉辦的青蛙追悼會，原本是為了祈求龍神解開大蛇對蛙們下的詛咒？」

「沒錯，就是這麼回事。」

護法童子一臉正經的表情點頭說道，這回換成齋奶奶發問：

「我不明白。既然是這麼回事，為什麼你會在這個時候出現？早在三百年前大家就在祈求解開詛咒，不是嗎？事情都隔了那麼久，為什麼龍神殿下會選在現在派出護法童子？為什麼沒有更早一點幫蛙們解開詛咒？」

或許是覺得自己受到譴責，童子擺出臭臉抬頭瞪著齋奶奶說：

「有什麼辦法，誰叫邪惡大蛇的詛咒效力那麼強。畢竟是賭上性命的詛咒。大蛇的詛咒效力之強大，就連龍神殿下也消除不了。龍神殿下說過要耗費漫長的歲月，才能夠消除大蛇的詛咒效力。龍神殿下還說當初大蛇想要一口吞下年輕姑娘來獲取三百年的壽命，所以若是拿三百年的歲月來交換，或許就可以消除詛咒。」

「咦？」小匠納悶地歪起頭。

「三百年是明年吧？我記得從開始舉辦青蛙追悼會算到明年，就會滿三百年，對不對？」

「既然這樣，等到明年再動作不就好了？」

齋奶奶又一次譴責的口吻說道。童子皺起眉頭，反駁說：「因為已經沒辦法等到明年。如果置之不理，這塊土地將會被挖空，然後被硬化，變成石頭的青蛙們想必一輩子都無法來到水池之上。這麼一來，就沒有機會解開詛咒。」

「啊……工程？你是在說園長家要施工的事吧？」

小結察覺到這個事情而看向童子說道。

「沒錯。現在正是需要俺出面的時候。」

護法童子一副得意的模樣挺起胸膛。

「龍神殿下對俺下了命令。雖然現在距離滿願日還有一小段日子，但大蛇的詛咒效力已經變弱。所以，龍神殿下命令俺來替青蛙們解開詛咒。」

「原來如此。」

齋奶奶點點頭說道，跟著深呼吸一口氣。

「我總算知道是怎麼回事了。」

雖然齋奶奶這麼說，但小結還是有想不透的地方。

「可是，為什麼要把小萌也捲入這件事？」

小結用有些頂撞的口吻，逼問護法童子。

「既然是龍神殿下的重要命令，你不是應該不要告訴任何人，好好藏在心中就好嗎？明明是那麼重要的神祕地方，為什麼還要特地邀小萌一起去？為了封口還要打勾勾做約定，何必那麼麻煩呢？這樣不如不要邀約還比較好。」

「事情不是妳想的那樣。」

護法童子還來不及回答，齋奶奶已經搶先說道。

「這孩子的目的應該不是想要封小萌的口。他其實沒有不希望小萌說出祕密，反而是希望小萌沒有遵守約定把祕密說出來。」

「這是怎麼回事？」

小匠一臉納悶的表情問道。齋奶奶接續說：

「護法童子之所以會特地約小萌去到神祕庭院，並且要求小萌答應絕對不會告訴任何人這件事，其實是因為他覺得小萌會不小心說出祕密。對小萌下青蛙嘴的詛咒是護法童子的點子。」

「為什麼？」

小結感到憤慨不已，忍不住大聲吼叫出來。這回齋奶奶沒有開口，而是護法童子回答：

「因為只要被青蛙嘴親吻到，變成石頭的蛙就能變回原本的蛙啊。俺的點子就是利用詛咒來解除詛咒。」

小萌抬頭看著小結和童子，整個人愣在原地。

小結無法接受護法童子的解釋。

「那為什麼不一開始就好好說明，再拜託小萌幫忙就好？」

小結做出這般發言後，護法童子望著小結，一副覺得受不了的模樣發出嘆息聲。

「如果事先說明，哪還能算是詛咒？這麼簡單的事也不懂嗎？」

小結板起臉沉默不語，小匠在她背後開口說：

「其實誰都可以，對吧？就算換成別人而不是小萌，大家肯定也都沒辦法遵守約定。何況還在上幼兒園的小小孩只要一被媽媽追問，誰都沒辦法瞞得住。」

「誰都沒辦法瞞得住。」

小萌一副完全認同的正經表情，複誦一遍小匠說的話。

「不，一定要是小萌才行。」

齋奶奶說道。

「一定要是這個孩子才行。」

護法童子說道。

「為什麼？」

小結和小匠同時問道。

齋奶奶回答：

「因為只有小萌才聽得懂石頭說的話，不是嗎？雖然我們聽得到嘟嘟囔囔、悉悉窣窣的低沉聲音，但根本分不出是哪顆石頭在說話。不過，如果換成小萌，她肯定分得出來。小萌應該有辦法找到在說話的石頭。」

「小萌……」

小萌一副彷彿在說「你們在說什麼？」似的表情環視所有人，小結喊了小萌一聲說：「妳知道哪顆石頭在說話嗎？」

小萌一臉納悶的表情仰望小結，但立刻把掌心貼在耳後，在一片黑暗中靜靜豎耳傾聽。

所有人的目光集中到小萌的身上。

悉悉窣窣、嘟嘟囔囔……

所有人都沉默下來後，可清楚感受到說不上是聲音，也說不上是話語的奇妙躁動聲在腳邊響起。小結仔細一看後，發現地面長出的茂密草叢之間，隨處可見小石子。小結試著尋找青蛙形狀的石頭，但沒能夠順利發現。

難道是被大蛇下詛咒變成石頭時，青蛙們早已失去原本的青蛙模樣？也可能在變成石頭後已歷經長達三百年的歲月，所以在這之間形狀被磨得圓滑，讓人分不出與其他石頭的差異。

沒轍……根本不知道是哪顆石頭在說話。也分辨不出哪顆石頭原本是青蛙……

小結這麼心想時，小萌猛地抬起頭看向小結。

「我知道。」小萌說道。

小結和小匠瞪大眼睛注視著年幼的妹妹。

小萌露出得意的笑容說：

「我知道哪顆石頭在說話。」

護法童子像在唸咒語似地鼓吹起小萌：

「解開詛咒！解開詛咒！快親吻石頭，解開詛咒！」

「嗯，好啊。」

「可是……」

小結忽然想起一件事，注視著幹勁十足的妹妹說出心中的不安：

「小結的親吻只對活著的東西有效。像是對仙人掌就有效，但隔熱手套和靠枕就沒效。就算親了石頭，搞不好也會沒效。」

「沒問題、沒問題。」

護法童子笑咪咪地點點頭。

「雖說是石頭，但不是普通石頭。那些會說話的石頭，事實上是

青蛙啊！牠們只是被關在石頭裡，其實是活著的。」

說罷，童子再度鼓吹起小萌：

「解開詛咒！解開詛咒！快親吻石頭，解開詛咒！」

「嗯，好喔！」

這麼回答後，小萌當場蹲下來撿起腳邊的一顆石頭，跟著輕快地站起來。

所有人都目不轉睛地看著小萌放在掌心上的小石頭。

撿起來的石頭沾著土壤，小萌輕輕拍去土壤後，嘟起嘴巴小心翼

翼地親吻石頭表面。

啾！

霎那間，小萌掌心上的小石頭忽然消失不見。

「啊！」

小匠叫了一聲。

「蛙耶！是一隻雨蛙耶！」

石頭消失不見後，小萌的掌心上出現一隻翡翠綠色的小小雨蛙。

「好癢喔！」

雨蛙在掌心上動來動去，逗得小萌發出咯咯笑聲扭動著身子。

跳！

月光籠罩下，如寶石般美麗的雨蛙從小萌的掌心上輕輕跳到地面後，就這麼消失在草叢裡。

「好酷喔！」

小匠大聲喊道。

「變回來了耶！石頭變回雨蛙了耶！」

「意思就是解開詛咒了，對不對？」

小結按住心跳加速的胸口，注視著雨蛙消失不見的草叢。

護法童子像唱歌一樣，再次鼓吹小萌：

「解開詛咒！解開詛咒！快親吻石頭，解開詛咒！」

「沒問題……」

小萌幹勁十足地回應護法童子。

在那之後，小萌豎起耳朵在池畔上到處走動，一顆又一顆地撿起石頭親吻。

被小萌親吻過的石頭一一解除詛咒，一隻接著一隻變回雨蛙。變成石頭的蛙們似乎集中滾落在相同區域，小萌在靠近這一端的池岸草叢裡，走過去又走回來地撿著石頭。

小結計算著數量，每有石頭變回蛙，就多加一隻。

一隻、兩隻、三隻……十隻……十五隻、十六隻……

直到第十八顆石頭變回第十八隻青蛙時，小萌開口說：

「我聽不到說話聲了。大家都變回青蛙了。」

小結耳邊也不再傳來不可思議的躁動聲。

護法童子微笑點點頭說：

「沒錯，一點也沒錯。一共有十八隻青蛙。現在所有蛙的詛咒都解開了！」

就在童子說完這句話的那一刻——

四周掀起就快把池邊的樹木吹得東倒西歪的強風。

小結幾人驚嚇地倒抽一口氣，護法童子卻在她們面前仰望天空，顯得開心地大喊：

「迎接使者來了！迎接使者！龍神的迎接使者要來了！」

10 龍神的使者

「救命！」

小萌就快被強風吹走，急忙緊緊抱住小結。

小結用力抱住妹妹，但風勢實在過於強烈，小結連想要睜開眼睛也做不到。

齋奶奶張開雙手的手臂，緊緊摟住小結、小匠和小萌。

「這到底是什麼混亂場面？」

齋奶奶發牢騷地說道。

「什麼？什麼迎接使者？什麼東西要來？」

身陷暴風雨來臨般的強風之中，小匠也倉皇失措的慌張模樣。

護法童子顯得愉悅的聲音再次傳來：

「龍！龍要來了！

八條龍要來了！」

「八條龍？」

小結感到難以置信地大喊道，小匠也在風中大喊：

「為什麼一次要來八條龍？你剛剛說的迎接使者是要迎接誰？」

「迎接青蛙們啊！」

「什麼！」

近在小結身旁的小匠連聲音都變了調。

「不過只有十八隻青蛙，有必要派出八條龍來迎接嗎？牠們要把青蛙接到哪裡去？」

「迎接去龍神殿下所在的天空上！」

護法童子答道。

「當初已經做好決定，這幾隻解開詛咒的青蛙將成為龍神殿下的隨從！不過，是俺把龍呼喚來的！」

童子不知為何一副得意的模樣說道。

「因為那小女孩說想要看到龍啊！所以，俺向龍神殿下提出請求，特地把龍呼喚來！俺特地讓結界與天空連接！

犒賞時間到了！犒賞時間到了！

龍神殿下的使者即將出現！

八條龍要來了！

犒賞時間到了！犒賞時間到了！

俺呼喚龍來給妳看了！」

小結在齋奶奶的懷裡，以不輸給強風的大聲量，詢問緊緊抱住自己的妹妹說：

「小萌，妳說過想看龍啊？」

被大家擠在中間的小萌抬頭看向小結，天真無邪地點點頭說：

「嗯，我說過。我說過好想看到龍……」

「快收回妳說過的話！快收回！」

面對八條龍即將到來的事實，小匠感到動搖不安而這麼大聲喊道，但只見風勢變得愈來愈強。

不僅如此，黑暗的上空還開始傳來不知何物劃過強風而來的轟隆轟隆聲響。

從黑暗的夜空中，小結的順風耳感受到龐然大物的氣息。

「喲？是真的呢！沒想到龍真的來了，真是令人驚訝。」

聽到齋奶奶的話語後，小結、小匠和小萌同時仰望天空。

仰望天空的那一刻，小結驚訝地倒抽一口氣。

結界裡的水池上方，只看得見黑暗無限延伸。

那光景與小結她們所熟悉的城市夜空截然不同。

此刻看不到在城市裡閃爍的璀璨燈光，也看不到月亮，就連星星、雲朵也不見蹤影。宛如無底洞般的深邃黑夜，化為大大的漆黑斗篷罩在小結幾人的頭頂上方。

轟隆！轟隆！轟隆！

喀隆！喀隆！喀隆！

不明物體正從黑暗之中朝向這邊接近。不明物體劃過強風，慢慢逼近。

小結一看，發現齋奶奶的眼睛發出藍色光芒。即使身處黑暗之中，身為狐狸一族的齋奶奶眼睛肯定早已捕捉到龍在天上的身影。

小結還看不到龍的身影。不過，藉由順風耳，小結可以感受到一群龐然大物的身影。

那群龐然大物擁有長長的巨大身軀，宛如好幾節車廂連結在一起的火車一般。長長的巨大身軀在遙遠的上空流暢地扭動著，並以令人驚嘆的速度迅速朝向這裡游來。一條、兩條、三條……真的有八條！

小結聽見龍群的身軀劃過強風的聲音，也聽見龍群咕嚕咕嚕地動著喉嚨，發出如雷鳴般的低沉聲音，

真的是龍！

很久以前，曾經有一條龍來到小結家，那條龍的身影化為清晰鮮

明的影像浮現在小結的腦海裡。那條小龍在小結家轉眼間長大成一條大龍，最後在暴風雨的夜裡飛回天上，與等待牠的同伴們相聚。

真的是龍！龍群來了！龍群已經來到小結幾人的頭頂上方。

不可思議地，當龍群來到正上方後，原本猛烈吹打的強風漸漸平息下來。取而代之地，龍群所發出的雷鳴般轟隆叫聲從天而降，地面隨之撼搖。

轟隆！轟轟！咚咚！轟隆！

咚隆！咚！咚！轟隆隆！

龍群的吼叫聲頻頻傳來。遙遠的黑夜上方，八條龍一邊互相鳴叫，一邊像在畫圓圈般不停在上空繞圈飛行。

「龍來了！龍來了！」

魔法童子仰望天空，開心地大喊道。

小結、小匠和小萌依舊緊緊貼在齋奶奶的身上，心驚膽戰地抬頭看向頭頂上方。就在這時——

黑暗中閃過一道白光。

一片漆黑的遙遠夜空上，一條全身覆蓋著純白色鱗片的龍的身影瞬間浮現，又隨即消失。

龍的身軀似乎在發光。夜空上一會兒這邊亮起，一會兒那邊亮起。朦朧的冷光每閃過一次，龍的閃耀身軀就會從黑暗中浮現。

仔細一看後，小結發現八條龍各自有著不同顏色的身軀。小結猜想著八成是覆蓋身軀的鱗片色澤各有不同。

如白雪般的白龍、如火焰般的紅龍、如太陽般的金龍、如月亮般的銀龍、如嫩葉般的綠龍、如向日葵般的黃龍、如龍膽花般的紫龍，以及顏色如深邃海洋般的青龍。

「每條龍的顏色都不一樣。」

小匠也有所察覺，他瞇起眼睛盯著黑暗的上空嘀咕道。

「好飄亮喔……」

小萌一副興奮不已的模樣說道。

八色龍群成串相連，不停在黑夜裡勾勒出圓圈。

「迎接使者來了！迎接使者來了！

龍神殿下的迎接使者來了！」

聽到護法童子這麼說，小結不經意地看向腳邊後，嚇了一跳。

小結看見綠色小生物在地面上不停地跳來跳去。

綠色小生物是雨蛙，一共有十八隻。被小萌親吻而解開詛咒的雨蛙們，宛如平底鍋上的爆米花般四處高高彈起。

「走吧！走吧！

把青蛙們帶到龍神殿下的身邊！」

護法童子大喊道。這時，天上的龍群一齊發出轟鳴。

轟轟！轟隆！轟轟！轟隆隆！

咚！喀隆！咚喀！轟隆隆！

轟隆！咚喀！隆！隆！

這時——

一隻雨蛙在小結的眼前高高彈起。

上空的龍群發出的光芒照耀下，雨蛙的身軀如翡翠般閃閃發光。

「啊！青蛙！」

小結大喊道。翡翠般的綠光飛過小結的頭頂上方，直直攀上龍群飛舞的黑暗天空，最後消失不見。

跳！

又一隻雨蛙高高跳起。如寶石般閃耀的雨蛙這次也一樣沒有墜落地面，消失在黑暗高處。

雨蛙一隻接著一隻跳起。

小小的雨蛙化為發出翡翠綠光的小星星，慢慢升上天空。

一隻隻雨蛙發出閃耀光芒飛向龍群，最後消失不見。

「青蛙跑去哪裡了？」

小萌仰望天空問道，她的身體大大往後仰，幾乎就快往後倒向地面。

「青蛙去找龍群了。因為牠們要坐在龍的背上，讓龍帶牠們去找龍神殿下。」

齋奶奶靜靜地答道。

龍群依舊在黑暗上空到處飛舞。白龍、紅龍、金龍、銀龍、綠龍、黃龍、紫龍、青龍；每條龍一條接在一條之後，閃爍著光芒在上空繞圈。

轟轟！轟隆！轟隆！轟隆隆！

喀！喀隆！轟隆！喀隆隆！

雷鳴般的叫聲傳來。龍群如波浪起伏般扭動身軀，在黑暗中游來游去。

忽然間，原本串在一起的龍群圓圈斷開來。龍群換排起隊伍來。最先看到的純白色龍，出現在隊伍的最前頭。

「啊……！要飛過來了！」

小匠指著龍群大喊道。龍群像準備鑽進黑暗底部似的，緩緩朝向小結幾人的方向接近。

直到前一刻，八條龍還在遙遠上空，此刻卻變得愈來愈大、身形變得愈來愈清晰，一路逼近到小結幾人的正上方。小結幾人屏住呼吸，抱著宛如身陷夢境般的心情瞪大眼睛注視龍群。

「犒賞時間到了！犒賞時間到了！好好看個仔細吧！八條龍到來！龍神殿下的使者到來！」

護法童子開朗地說道。龍群的隊伍宛如接收到歡迎話語似的，直直朝向小結幾人逼近。

龍群宛如隨著河流往下流動般，在風中緩緩落下後，純白色的龍在即將抵達黑暗底部的前一刻，輕輕抬起頭，動作流暢地再次飛向遙遠天際。

白龍來到最靠近的位置時，小結甚至可以清楚看見一片片裹住龍身的美麗雪白鱗片。包括白龍像在觀察什麼似地抖動著從鼻頭延伸出來的兩根長鬚、銀色鬃毛隨風輕輕搖曳的模樣，以及金色眼睛發出溫柔目光看著小結幾人的模樣，都讓小結望得入迷。

接在最前頭的白龍之後，其他龍也一副前來打招呼的模樣往下飛到小結幾人的身邊，跟著一條接著一條又飛向遙遠黑暗中。

白龍、紅龍、金龍、銀龍、綠龍、黃龍、紫龍都飛遠後，排在隊伍最後、閃耀藍色光芒的青龍從天上飛下來。

來到小結幾人的上方後，青龍沒有立刻飛走，而是緩緩扭動長長的身軀，直直俯視著站在黑暗底部的小結幾人。

小結、小匠和小萌都屏住呼吸，抬頭仰望最後一條青龍。

咕嚕咕嚕咕嚕……青龍動著喉嚨發出叫聲，溫柔的金色眼睛注視著小結幾人。

這時，小匠突然有所驚覺地大喊：

「小龍！」

「咦？」

小結驚訝地看向小匠。

「小龍！牠是小龍！」

小匠保持仰望的姿勢，眼神專注地看著青龍再次喊道。

「不會吧？」

小結嘴裡這麼說，但發現自己的心臟開始加速跳動。

不小心闖入小結家公寓的小龍，收集浴室的水蒸氣築巢的小龍。

最愛吃薄荷糖的小龍。身軀突然變得巨大，在暴風雨來襲時從公寓陽台飛向天空的小龍——

眼前的雄偉青龍真的是當時的小龍嗎？

「你是小龍吧？對不對？」

小匠一邊呼喚，一邊朝向青龍伸出手。青龍浮在小匠的手遠遠不及的高處。儘管不可能碰觸得到青龍，小匠還是拚命地舉高手臂。就在這時——

長長的龍鬚輕飄飄地搖擺起來。青龍伸長長鬚，讓長鬚前端輕輕觸碰小匠的手。

那舉動簡直就像在回答：「對啊！」

「小龍！你果然是小龍！」

小匠開心地大喊道。

「小龍！真的是小龍耶！」

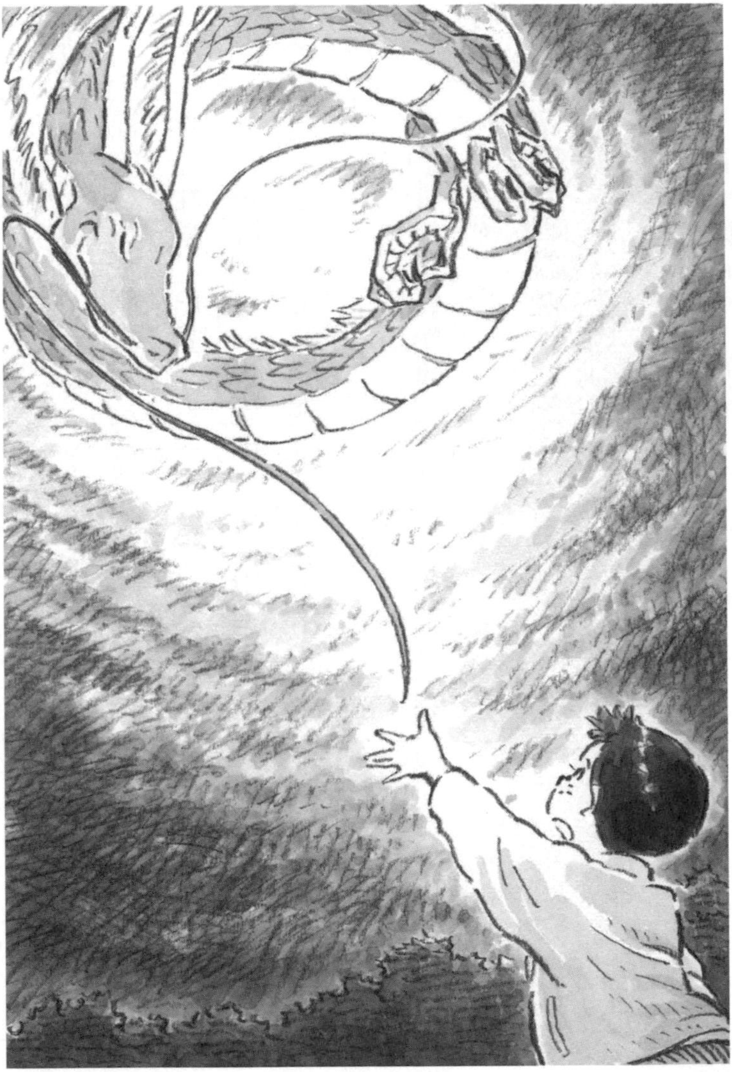

小結也大喊道。

「小龍！小龍！小龍！」

小萌也用著高亢的聲音連叫了好幾聲。

青龍像在點頭似地深深低下頭後，忽然朝向天空抬高頭，就這麼朝向黑暗上空緩緩飛起。

青龍的龐大身軀在小結幾人的上方，如流水般流暢且安靜無聲地飛去。

小結、小匠和小萌只能屏住呼吸，睜大眼睛一直注視著青龍愈飛愈遠，飛往向遠方飛去的同伴們身邊。

最後，青龍散發的藍光終究被黑暗吞沒，也完全看不到其他的龍同伴身影。在這之間，小結幾人一動也不動，視線始終沒有離開過黑暗的天空。

「這是犒賞。」

護法童子脫口說出簡短一句後，小結幾人才猛地回過神來。

齋奶奶輕輕拍了拍小結和小匠的肩膀，露出微笑說：

「很開心吧？以鬼神的安排來說，這算是十分貼心的犒賞呢！」

小匠把原本仰望天空的視線移向腳邊，沮喪地垂著頭。

「還會有機會見到小龍嗎？」

小匠沒有對著任何人，自言自語似地靜靜問道。

齋奶奶和小結互看一眼，但兩人都沒能夠回答而陷入沉默。

「牠有說下次見喔！」

小萌說道。

「咦？」

小匠驚訝地反問道。

小萌抬頭盯著小匠看，緩緩重複一遍說：

「牠說下次見。小龍有說下次見喔！所以，還有機會見面的。」

小匠在心中反覆說了好幾遍小萌的話語。

下次見、下次見、下次見──

小結對著陷入沉思的弟弟搭腔說：

「小萌說的對，既然小龍說下次見，就表示一定會再見到面。」

齋奶奶靜靜地點點頭後，注視著小匠說：

「一點也沒錯。龍絕對不會說謊的。」

小結抬頭一看，發現天空已不再是一片黑暗。

傾向西邊的滿月灑下明亮的月光。如一面鏡子般的水池四周瀰漫青白色的月光。

身穿畫畫衣的護法童子，邊走邊跳地來到小萌的面前。

「最後就來解開妳的詛咒吧！已經不需要青蛙嘴了。」

說罷，童子伸出手讓自己的小指與小萌的小指緊緊相扣。

童子一邊像盪鞦韆一樣甩動相扣的小指，一邊唱起歌來：

「打勾勾、扯扯柄、拉拉線做約定，
寧願扯嗓子，也不要扯謊。
青蛙嘴詛咒散去，
變回原本的嘴巴！
奇卡拉、勾卡拉、卡拉奇、變！」

完成打勾勾的動作後，小萌只是不停眨著眼睛，杵在原地不動。

小結看了看小萌，再看了看童子後，感到懷疑地開口詢問：

「剛剛那樣真的已經解開詛咒了嗎？」

「那當然，現在已經確實解開詛咒了。不會再有人因為被小女孩親吻而變成蛙類生物。」

「還是確認一下比較好吧？小萌，妳試試看！」

小萌點頭回應小匠的提議，並嘟起嘴巴朝向提議者逼近。

「不要動！不是這樣吧！」

小匠慌張地往後退。

「為什麼要拿我當實驗品？妳去找其他東西試試看！喏！像是那邊的山茶花樹之類的。」

「收到！」

小萌照著小匠的指示，朝向池邊的山茶花樹走近後，嘟起嘴巴貼上樹幹。

啾！

小結、小匠和齋奶奶屏住呼吸一直望著山茶花樹，但最後什麼事也沒有發生。

山茶花樹依舊保持山茶花樹的模樣佇立在池邊

「太好了！已經沒事了！」

小結緊緊抱住順利解除詛咒的妹妹說道。

「可是……已經被變成蟾蜍的爺爺他們要怎麼辦？」

小匠擔心地問道。

這時，護法童子掀起畫畫衣的衣襬，做出華麗的旋轉動作轉一圈後，笑咪咪地開口說：

「別擔心、別擔心。因為小女孩受詛咒而變成蛙類生物的所有對象，應該都會在詛咒解除的那一刻，恢復成原本的模樣。俺的意思是除了那群石頭青蛙以外。那群青蛙已經成為龍神殿下的隨從升到天上去了，所以不用擔心。大蛇的詛咒效力也不可能傳到天上去。真是可喜可賀、可喜可賀啊！」

說罷，護法童子一副欣喜雀躍的模樣，又做出好幾次華麗的旋轉動作。

「好了，俺的任務已經結束了。俺也要回到屬於俺的地方。你們也回去吧！回去屬於自己的地方！」

童子注視著某處說道，小結追著童子的視線轉頭一看，發現草原

正中央出現一扇小木門，小木門安靜無聲地打開來。

「喲……看來回程似乎願意讓我們輕鬆通過。」

齋奶奶自言自語地說道。小結想起剛才是齋奶奶帶著她和小匠突破結界來到庭院。

秋夜裡的冷風從木門的另一端吹拂而來。冷風從遊戲場那端，吹進了結界。

「再會了，繼承狐狸血統的諸位！」

護法童子的聲音在風中響起。

當小結幾人轉頭，把看向木門的視線撇向後方，發現童子的身影已經消失不見。

「護花走掉了……拜拜，護花……」

小萌朝向空無一人的水池輕輕揮手說道。

「好了，回去吧！」

齋奶奶搭起小結和小匠的肩膀，小結則牽起小萌的手，四人一起朝向木門走出去。

小結幾人準備穿過小木門時，護法童子的歌聲像是追著她們而來似的，不知從何處隱約傳來。

「可喜可賀！可喜可賀！

大蛇的詛咒已隨雲消失，

透澈明月高掛晴朗夜空。

是時候了，出發吧，前往水天宮！

龍神殿下的寶殿，

正是吾等的終身歸屬！」

小結幾人一邊聆聽童子唱歌，一邊鑽進木門、穿過遊戲場，最後走出可看見家家戶戶的馬路上。

「奶奶，妳今天晚上怎麼會來這裡？」

小結忽然想起這點而詢問齋奶奶。雖然齋奶奶剛才說過她是追著小萌而來，但基本上，齋奶奶通常不會來到人類居住的地方。

小結不禁感到不可思議，沒想到會與齋奶奶並肩走在她們居住的城市街上。

「爺爺和祝姨婆行蹤不明就算了，我一直傳送念力給妳們媽媽，她也不回應。這樣很難讓人不懷疑妳們這邊可能出了什麼狀況。」

回答小結的疑問後，齋奶奶夾雜著嘆息聲說：

「奶奶交代過夜叉丸和季去看一下狀況，但那兩個傢伙實在一點都不可靠。不得已之下，奶奶只好自己跑來妳們這邊了。奶奶準備到妳們家看狀況時，正好看見小萌從公寓裡走出來。奶奶才覺得小萌的樣子怪怪的，馬上就看見妳們追著小萌跑去。所以，奶奶也跟著追在妳們後面。」

齋奶奶說到這裡時停頓下來，再次深深嘆口氣。

「不過，我還真沒想到會是這樣的狀況……拜青蛙嘴所賜，鬼丸爺爺和祝姨婆竟然都變成蟾蜍了。」

小結和小匠抱著有些尷尬的心情互看一眼。

小結兩人並沒有向齋奶奶打小報告，但齋奶奶似乎已經從在結界裡見聞到的一切，察覺出一路來的大致經過。

路燈的光線籠罩下，小結抬頭仰望齋奶奶，拚命解釋：

「真的對不起，我們對舅舅和小季說了謊。可是啊，奶奶，爺爺和祝姨婆說什麼也絕對不願意讓山上的同伴知道他們變成蟾蜍。他們還說寧願變成蛙乾，也不想被發現其實變成蟾蜍。所以……所以呢，奶奶，因為小萌被詛咒而害爺爺他們變成蟾蜍的事情……」

「奶奶知道的。」

齋奶奶停下腳步，低頭看向小結用力點點頭。

「對於這次的事，奶奶打算假裝什麼都不知道。畢竟這關係到狐狸的面子問題。沒事的，妳們不用擔心。記得也這麼轉告妳們的媽媽一下。」

聽到齋奶奶這麼說，小結和小匠鬆口氣互看彼此。齋奶奶笑咪咪地注視著小結兩人的反應後，蹲下身子面對小萌說：

「小萌，被下了奇怪的詛咒，把妳給嚇壞了吧？畢竟妳跟妳的姊姊和哥哥都繼承了狐狸家族的能力，以後也要特別小心才行喔！擁有非人類所擁有的能力的人，總會把非人類吸引過來。一定要牢記這點喔！」

齋奶奶注視著小萌，小萌舉高雙手環抱住齋奶奶的脖子，把自己的臉頰緊緊貼在齋奶奶的臉頰上，以自己的風格做出回應。

儘管一時之間感到不知所措，但齋奶奶還是很快便緊緊抱住小萌。「好了。」說著，齋奶奶挺起身子。

「奶奶回山上去了。」

此刻，小結幾人正站在走出幼兒園大門後的馬路的第一個轉角。

「你們也趕快回家去。爺爺和祝姨婆已經變回原本的模樣，場面正混亂呢！爸爸和媽媽醒來後發現你們不見，肯定擔心得不得了。」

「奶奶，妳還會再來嗎？」

小匠迅速問道。

齋奶奶在路燈下點點頭說：

「嗯，奶奶會再來看你們的。」

「那打勾勾做約定！」

小萌在齋奶奶的面前伸出右手小指。

「打勾勾做約定，說謊的人要吞下一千根針！」

與小萌打勾勾做好約定後，齋奶奶便回山上去了。

小結幾人才看見齋奶奶在第一個轉角向左轉，下一秒鐘便消失得無影無蹤。看著轉角另一端的小巷子空無一人，小萌啜泣起來。

小結背起心情落寞的妹妹，朝向回家的路前進。

滿月大幅度地傾向西邊，躲進

建蓋在道路旁的公寓後方。

超前小結幾步路的小匠忽然抬頭仰望天空，跟著轉身看向小結。

「姊姊，妳有沒有聽到？」

小匠問道。

「聽到什麼？」

除了拂過行道樹的風聲之外，小結沒有聽見其他任何聲音。

小匠再次背對小結走出去，同時開口說：

「剛剛我好像聽見不知道哪裡傳來龍的叫聲。」

小結豎起順風耳，在夜空裡尋找著龍的氣息。

小結沒有感受到氣息，也沒有聽見任何聲音。

不過，小匠肯定聽見了。他肯定聽見不是在這個世界，而是在另一個世界響起的龍的叫聲。

小結一邊沉默地前進，一邊這麼心想。秋風在街上吹拂而過。

小萌在小結的背上呼呼大睡起來。

落幕的結束

為了尋找小結幾人，爸爸和媽媽來到位在公寓東邊的道路。

「我們去幼兒園看看！」媽媽發現不僅小萌，連小結和小匠也不見蹤影後，便這麼向爸爸提議。媽媽不愧是狐狸一族，第六感神準。

換爸爸背起已沉沉睡去的小萌後，小結和小匠趁著走路回家的時間，你一句我一句地輪流說明這天晚上所發生的事情。

「果然不出我所料，我就知道一定會被發現。」提到齋奶奶出現的話題時，媽媽這麼說一句，但得知齋奶奶說過會假裝不知道這次的

事件後，也就鬆了口氣。

「原來那男生的真實身分是護法童子，專門服侍玉泉寺所供奉的龍神啊……小萌還真是被不得了的對象給看上了……」

聽到爸爸這麼說，小結忽然想起心中的一個疑問而脫口說：

「可是，玉泉寺的護法童子怎麼會知道小萌的能力？護法童子好像事先就知道小萌擁有魂寄口的能力，才會對小萌下青蛙嘴的詛咒。他的目的就是為了讓小萌分辨石頭青蛙說的話……我們從來就沒有見過或遇過護法童子，為什麼他會知道小萌的能力？」

「那當然是因為龍神是鎮守土地之神啊。」

媽媽說道。

「鎮守土地之神？」

小匠搶先小結一步反問道。

「就是指自古以來，一路守護那塊土地的神明。」

媽媽先這麼回答一句後說明：

「我想玉泉寺的龍神原本應該是住在這一帶地區的大水池裡的龍。在祂被視為神明供奉在玉泉寺的龍王殿之前，打從很久很久以前就是這塊土地以及這裡的居民們的守護神。這樣的守護神會被稱為鎮守土地之神或土地神，這些神明對於在自己守護的土地上出生長大的人們都瞭若指掌。你們幾個在這裡出生，也一直在這裡生活，所以龍神肯定也知道你們的任何大小事。」

「意思就是我們的個資完全曝光？」

小匠一臉不悅的表情問道，爸爸用著安撫的口吻插嘴說：

「這也是沒辦法的事，對方是神明，會守護這塊土地的居民。」

「也是喔……」

小結認同地點點頭說道。

「龍神要負責守護這塊土地的居民……有可能是因為這樣，所以三百年前當邪惡大蛇企圖吃掉村裡的女孩時，龍神也設法制止了。」

「搞不好龍神是不願意自己被誤會也說不定。」

小匠吐槽說道。

「不管真相如何，對那群青蛙來說，還真是一場災難。竟然被變成石頭長達將近三百年的時間。」爸爸說道。

「牠們現在已經解開詛咒，也成為龍神的隨從，真是太好了。」

媽媽說道。

「爺爺和祝姨婆呢？」

小匠顯得有些不安地問道。

「他們變回原本的模樣了嗎？已經回山上去了嗎？」

爸爸和媽媽四目相交。

「嗯，他們已經順利變回原本的模樣，興奮得不得了呢！他們用狐狸的模樣到處跑，把家裡弄得亂七八糟之後，總算回去了。」

媽媽輕輕嘆口氣。

「蟹爪蘭也順利變回原本的模樣了。」

爸爸這麼補充一句。

小結幾人來到通往公寓的坡道。

與爸爸並肩爬上坡道後，小匠沒有對著任何人，自顧自地發問：

「那條龍……我們見到的第八條龍真的就是小龍嗎？」

「嗯，肯定是的。」

爸爸立刻點頭說道。

「你伸出手的時候，牠不是用長鬚碰了你的手嗎？沒有一條龍會對第一次見面的對象做出那樣的舉動吧？小龍肯定也還記得小匠、小結和小萌。是說，現在還叫牠『小龍』，感覺有點奇怪就是了。」

媽媽接在爸爸之後開口說：

「媽媽以前應該也跟你們說過，其實到現在大家都還不太了解龍怎麼誕生，又怎麼度過一生。不過，有一個說法表示龍是在某一條水脈誕生，牠們不會離開那條水脈的土地，而會一直在天地之間來來回回，一次又一次地獲得重生。搞不好小龍也是從很久很久以前，就一直跟牠的同伴們在這塊土地生存下來的龍。」

就快爬上坡道頂端時，小結一家人停下腳步，眺望在腳下延伸開來的街景。道路上不見車輛奔馳，只見紅綠燈不停反覆變換燈號。家家戶戶和公寓幾乎都已熄去燈光，剩下馬路兩旁成排路燈散發朦朧的光線。再過一會兒，就要天亮了。

凌晨即將到來，風而沿著街道吹向這裡，小匠在風中輕喊一聲：

「啊……」

「怎麼了？」

小結這麼詢問後，探頭看向小匠的臉，結果訝異地閉上嘴巴，並與媽媽和爸爸交換眼神。

就像齋奶奶一樣，小匠的眼睛此刻在一片黑暗中發出藍光。

時光眼──小匠的時光眼似乎看見了什麼……

如同小結的順風耳、小萌的魂寄口，時光眼是小匠從狐狸家族繼承而得的能力。時光眼是一種可穿越時空看見過去與未來的能力，但小匠目前還不懂得如何控制能力，只會時而像現在這樣，在自己意想不到的時候，突然看見某景象。

沒多久，小匠終於大大吐出一口氣，於是小結重新詢問弟弟說：

「怎麼了？你看見什麼了嗎？」

「嗯。」

小匠深吸一口夜風後，點頭說道。

「我看見水池。很大的水池──」

「像在結界裡看到的水池那樣？」

小結詢問後，小匠搖搖頭說：

「不是，我看到一座更大、更漂亮的水池。水池的面積大到差不多可以把我們現在往下眺望的街道整個淹沒過去，然後，水池四周有茂密的草叢，池面就像鏡子一樣映出蔚藍的天空……這時候，我忽然看見一條龍從池面映出的天空飛過去。」

「龍？」

小結反問道。

「對。」

小匠瞇起眼睛凝視著街道，臉上浮現微笑說：

「沒錯，是一條青龍。青龍像在流動一樣從池面上的天空橫越過去，最後消失不見。這時候，忽然吹起風來，映在水面上的天空分散開來，變得閃閃發光。」

小匠一副感到幸福的表情，臉上再次漾起笑容說：

「真的、真的、真的很漂亮——」

小結、爸爸和媽媽也跟著一起凝視小匠所凝視的方向。

小結定睛細看接近凌晨時分的昏暗城市，但理所當然地，小結根本看不見水池。

不過，小結相信水池的存在。

如祝姨婆所說……不，應該說如護法童子對小萌所說，很久很久以前、比三百年更久以前，這裡肯定有一座住著龍的美麗大水池。

還有，小匠以時光眼所看到的從天空飛過的那條龍，搞不好就是小龍。

如果真如媽媽所說，這塊土地的龍會在天地之間來來回回，一次又一次地獲得重生，小龍說不定早在小結她們出生之前的遙遠古老時代，就已經在這塊土地的天空飛翔。

「好了，回家吧！」

爸爸輕輕重新背好小萌說道。

前方的城市宛若橫躺在黑色庭院裡，小結一家人挪開注視著城市的視線，一個跟著一個爬上最後一段上坡路。

即將迎向凌晨的秋夜冷風追過小結一家人，朝向公寓吹去。

後記

這次，《人狐一家親》的故事邁入第十集了。完成第一集的寫作時，我想也沒想過會有這麼多故事誕生，也沒有預料到會有各種各樣的災難如此接二連三地降臨信田家。然而，不僅棘手的狐狸家族親戚，小結、小匠和小萌所繼承的狐狸家族能力，似乎也會讓信田家被捲入不可思議的事件。

這次小結幾人也因為出乎預料的事件而被捲入災難。一連串的奇妙事件發生，對詛咒和占卜頗有研究的祝姨婆認為背後原因可能在於水中同伴的魔力。如同山中有狐狸、天狗或山姥姥等存在，棲息於水中或水邊的各種存在當中，也有許多懂得施展詭異魔力的存在。河童即是其中之一，龍也是。甚至鯉魚、鯰魚或螃蟹，據說在很久以前也會變身跑到人類世界，企圖吃掉人類。

我的奶奶出生於日本九州，後來嫁到了對馬島。小時候奶奶分享很多與大海裡的奇妙存在有關的故事給我聽，像是河童、人魚以及海法師的故事等等。對馬島的奶奶家附近的海灣最深處，有一間供奉龍神的小寺廟。小寺廟下方有一處泉水，奶奶說過只要在滿月之夜往泉水底部看，就會有機會看見龍的身影。

回想起來，《人狐一家親》的故事當初也是從一條小龍展開。鬼丸爺爺來到信田家玩時，小龍跟著一起來，就這麼闖入信田家的公寓。這條小龍在浴室收集水蒸氣形成雲朵，並在自己築起的雲朵巢穴裡住了好一陣子。那時讓小龍回到天上去時，小匠不知道有多難過。

從最開始的這個故事算起，現在已經是第十個故事。對《人狐一家親》系列故事抱以期待的讀者朋友們，衷心期盼大家會喜歡這次的故事。

由衷感謝大庭賢哉先生每次畫出讓人看了心情雀躍的插圖，把《人狐一家親》的世界點綴得燦爛無比。

下一回的故事裡，小結將闖入一間不可思議的商店——

接下來還請大家繼續熱情關注信田家一家人！

富安陽子

國家圖書館出版品預行編目資料

人狐一家親10：打勾勾魔法之約／富安陽子
著；大庭賢哉繪；林冠汾譯. －－ 初版. －－
臺中市：晨星出版有限公司，2024.01
面；　公分. －－（蘋果文庫；155）
譯自：シノダ！指きりは魔法のはじまり
ISBN 978-626-320-731-8（平裝）

861.596　　　112019976

填回函，送Ecoupon

蘋果文庫 155

人狐一家親10 打勾勾魔法之約

シノダ！指きりは魔法のはじまり

作者　富安陽子
繪者　大庭賢哉
譯者　林冠汾
編輯　呂曉婕
美術編輯　黃偵瑜、呂曉婕
文字校潤　蔡雅莉、呂曉婕
封面設計　鐘文君

創辦人　陳銘民
發行所　晨星出版有限公司
台中市 407 工業區 30 路 1 號
TEL:(04)23595820　FAX:(04)23550581
E-mail:service@morningstar.com.tw
https://star.morningstar.com.tw
行政院新聞局局版台業字第 2500 號
法律顧問　陳思成律師
初版日期　西元 2024 年 01 月 01 日

讀者服務專線　TEL:（02）23672044／（04）23595819#212
讀者傳真專線　FAX:（02）23635741／（04）23595493
讀者專用信箱　service@morningstar.com.tw
網路書店　https://www.morningstar.com.tw
郵政劃撥　15060393（知己圖書股份有限公司）
印刷　上好印刷股份有限公司

定價 330 元
ISBN 978-626-320-731-8